時空之外

非馬新詩自選集

第五卷 **2013-2021**

非馬畫作：黑白，66.0 × 55.9 cm，油畫，2001

非馬畫作：玉潔冰清，33 × 22.8 cm，水墨，2005

非馬畫作：背影，40.6 × 48.3 cm，丙烯，2013

非馬畫作：戴白帽的女人，27.9 × 35.6 cm，混合材料，2015

《非馬新詩自選集》總序

　　每個作家都有出版全集的心願，我自然也不例外。但這心願對我來說，實際的考量要比滿足虛榮心來得多些。我常收到國內的讀者來信，問什麼地方能較完整地讀到我的作品。雖然近年網路興起，除了我自己營建的個人網頁及部落格和博客外，許多文學網站也陸續為我的作品設立了專輯，但這些畢竟沒有白紙黑字讀起來舒適有味道，更沒有全集的方便及完整。秀威出版的這套五冊自選集（約佔我全部作品的十分之七），雖非名義上的全集，卻更符合我的心意。我想沒理由讓那些我自己都不太滿意的作品去佔據寶貴的篇幅，浪費讀者寶貴的時間。何況取代它們的，是一些精彩的評論及導讀文章。

　　我認真寫詩是在我大量翻譯歐美現代詩以後的事。上個世紀的六、七十年代，我在《現代文學》及《笠詩刊》上譯介美國當代詩，後來又擴及加拿大、拉丁美洲和英國詩人的作品，還有英譯的土耳其、法國、希臘、波蘭和俄國等地的詩。在翻譯過程中我得到了許多的樂趣，這些詩人的作品更為我的生活與寫作提供了豐富的營養。最近幾年常有台灣及大陸的年輕詩人對我說，他們在中學時期便接觸到我的詩，受到了很深的影響，有的甚至說是我的詩把他們引上了寫作之路。對我來說，他們這些話比什麼文學獎或名譽頭銜都更有意義，更使我高興。這是我對那些曾經滋養過我的詩人們的最好感恩與回報。

　　我希望我的每一首詩，都是我生命組曲中一個有機的片段，一個不可或缺的樂章。我雖然平時也寫日記，但不是每天都寫。有時候隔了一兩個禮拜，才猛然想起，趕緊坐下來，補記上那麼幾筆流水帳，無味又乏色。倒是這些標有寫作日期的詩作，記錄並保存了我當時對一些發生在身旁或天邊的事情的反應與心情。對我來說，有詩的日子，充實而美滿，陽光都分外明亮，覺得這一天沒白活。我深深相信，一個接近詩、喜歡詩的人，他的精神生活一定比較豐富，更多彩多姿。這是因為詩的觸覺比較敏銳，能讓我們從細微平凡處看到全貌，在雜亂無章的浮象中找到事物的真相與本質，因而帶給我們「一花一世界，一葉一菩提」的驚喜。特別是在人際關係越來越冷漠的今天，一首好詩常會滋潤並激盪我們的心靈，為我們喚回生命中一些快樂的時光，或一個記憶中的美景。它告訴我們這世界仍充滿了有趣及令人興奮的東西，它使我們覺得能活著真好。我常引用英國作家福特（Ford Maddox Ford，1873-1939）的話：「偉大的詩歌是它無需注釋且毫不費勁地用意象攪動你的感情；你因而成為一個較好的人；你軟化了，心腸更加柔和，對同類的困苦及需要也更慷慨同情。」能寫出幾首這樣的詩來，我想便不至於太對不起詩人這個稱號了。

2022年2月1日寫於芝加哥

目次

2010年代（續）

鐵線蓮

區區幾根鐵線
如何栓得住
她
嚮往天空的
心

今天早晨
她用燦爛的笑
敲醒詩人的窗

知道多情且愛美的他
會頻頻用閃光的眼睛
拍下她
瞬息萬變
美麗的
臉龐
一一貼上
天空的
臉書

靶心
——給血案兇手

好萊塢的導演們早編好情節架好舞台
軍火商們為你準備的槍枝也都已上膛

只等你用心中脹爆的莫名其妙的仇恨
點燃眼中的怒火

用不著瞄準
所有橫掃直射
噗噗穿越無辜身體的子彈
都將帶著他們家人的哀號
以及全世界含淚的眼光
四面八方呼呼飛向
天地間
一個孤零零的
靶子

你母親的
心

對決
——為科羅拉多電影院血案而寫

日正當中
正午十二時
形孤影單的警長
正同一批歹徒
在陽光耀眼的廣場上
拔槍對決

月正當中
午夜十二時
一個更孤單的人
全身披掛
在一個坐滿情人親人友人的
黑暗的電影院裡
扣動自動步槍的扳機——

同無辜對決
同世界對決
同虛空對決
同越來越孤獨的自己
對決

馬拉拉日

這一天
讓全世界都知道
曾有心虛膽怯的槍彈
妄想封殺
一個十五歲女孩子
敢說真話的
口

這一天
讓全世界都聽到
千千萬萬個本來緘默的
口
齊聲高呼——

馬拉拉
　　　馬拉拉
　　　　　　馬拉拉

後記：聯合國宣佈定十一月十日為馬拉拉日，紀念勇敢的巴基斯坦女孩
　　　馬拉拉（Malala Yousafzai）。馬拉拉因呼籲讓全國所有的女孩子
　　　都受教育，而受到塔里班激進份子的襲擊。相對於這勇敢的小女
　　　孩，一向明哲保身的成年人，都多多少少會為自己的緘默與怯懦
　　　而感到難堪吧？我想。

鄰區守望

瀰漫著猜忌與恐懼

黑暗的窗口

怯怯伸出的槍

準星閃爍

齊齊瞄準

失眠的夜

空洞深沉的

眼

別動！

熒光屏上

好萊塢的英雄們

激戰正酣

空中巡邏的子彈

正尖聲來回誦讀

神聖的

第二修正案

很快警笛將鳴起
一個母親淒厲的哀號

附注：美國憲法第二修正案保障人民擁有槍枝的權利。

乾旱季節

所有影子
都被曬得瘦骨嶙峋
連胸前飄著的幾根鬍鬚
都疏落焦黃

沒有露水潤喉
鳥兒不再來窗前嘰喳
擾人清夢挑撥靈感
詩人只好藉口
筆管乾涸了
流不出一個字

天空一臉正經
沒有絲毫陰霾
你別期望
在這樣的日子
會有喜極而泣的
雨

開瓶

一瓶
封藏多年的
青花郎

據說
越陳越
價值連城

只不知
旋開瓶塞後
首先逸出的
是哪一縷
鄉愁

附注：本來計劃趁2012年12月初到台北參加《非馬新詩自選集》新書發
表會之便，去重慶參加一個詩會，同時參觀一個叫郎酒的酒廠，
臨時因事沒去成，只把為郎酒寫的一首題為〈與郎共舞〉的詩寄
去。聽說他們頗喜歡，還送了我一瓶價值人民幣1萬9千元的封藏
50年的青花郎。

同麵包辯論

同麵包辯論是徒然的
他說你這是吃飽飯沒事幹
去關心那些遊手好閒
不好好幹活的流浪漢
餓死活該

我說如果所有的田地都被霸佔光了
又不給他們種子或肥料
你教他們如何去耕種

他說誰叫他們不找個有田有地又有錢的
好爸爸
把他們送進一個好大學去混幾年
便逍遙一輩子
還有
他受不了他們那些髒兮兮的手碰觸他

所以同麵包辯論是徒然的
最好是找個飢腸轆轆的時刻
不等他張嘴

便一口咬下他的頭
吞掉

幸運餅與農曆
——賀美國女詩友莫呂斯伉儷金婚紀念

我是個幸運者，我宣稱。
我的運氣無限，充滿了選擇。
　　　　——〈幸運餅〉，薇爾達·莫呂斯

是的，妳的確非常幸運。
妳的運氣無限，妳未來的每個日子
都將充滿笑、愛、歡愉、友誼、
健康、快樂、和睦、與幸福……
像今天一樣。

根據我的日曆，
今天這日子
宜會友，
宜納彩，
宜結婚，
宜動土，
宜建屋，
宜納畜，
更宜寫情詩。

如果妳不相信，
妳可自己去讀讀這日曆上
特地為妳準備好的這個日子的信息。
在「中國廚師飯店」裡吃過那麼多麻辣四川蝦，
剝開過那麼多又香又脆的幸運餅，
寫過整整的一本甜酸詩集，
妳當然看得懂中文，
不是嗎？

這隻小鳥

用未經裝飾的聲音
不高亢　　不低沉
在我窗前
嘰嘰喳喳
嘻嘻哈哈

告訴我
今天
是我的生日

有一種餓

有一種餓
同蠕動的胃無關
同喀嗒作響的牙齒無關

一個眼神
一個微笑
一抹音
一行詩
一片雲
一朵花
都能使它
快樂滿足

無需
山珍海味
飽嗝連連
大腹便便

英石

這些大大小小奇形怪狀
讓超現實的前衛藝術家們
目瞪口呆的
雕塑
其實是上帝當年創造宇宙
遺留下來的
模型

給人類去開拓
更多更美麗遼闊的
奇蹟

附注：2013年10月應邀回廣東參加一位朋友的美術館開館典禮，路過英
　　　德市，看到了精巧多姿、玲瓏滿目的英石，深感不虛此行。

富貴病社會

為我們敞開大門的
是天堂般舒適的戒療中心
不是地獄般黑暗的牢房

我們信仰上帝
更信仰黃金

附注：

（1）美國德州16歲「富二代」庫奇因醉後駕車撞死4名路人，他的律師
　　　竟以「富貴病」（AFFLUENZA）為由，說服法官，最終判他因被
　　　父母寵壞，不知自己行為的後果，免去監禁，改為進入昂貴的戒療
　　　中心的緩刑，引發美國社會的猛烈抨擊。（2013.12.12）
　　　「我們信仰上帝」（In God We Trust）是印在美國鈔票上的國家格言。
（2）美國聯邦法警局懸賞5000美元追捕潛逃的緩刑犯「富貴病少年」
　　　（2015.12.20）。
（3）美國「富貴病少年」同他的母親一起在墨西哥的一個度假區被逮捕
　　　（2015.12.29）。

夜宴

趕赴一場妙舞笙歌的夜宴
他迫不及待
駕著雷馳電掣的摩托車
在陰暗窄小的街上
騰雲駕霧

突然噗的一聲
還以為這麼快就已抵步在那裡敲門
卻原來是碰上
佇候多時
從斜刺裡竄出來的
死神的賓車

等一等
他還在動

附注：2013年年底在大陸，給我印象最深的，是街上的人們似乎脾氣越
　　　來越急躁。在珠海的一輛公車上，司機因前面一部汽車開得太慢
　　　而大發脾氣，多次猛力加油又緊急剎車，使我從光滑的長板凳的
　　　一頭滑到另一頭；在廣東故鄉的小鎮上，滿街的汽車卡車摩托車
　　　板車三輪車自行車及行人都互不相讓，長長短短的汽車喇叭聲更

是此起彼伏通宵達旦；在北京宋莊藝術村，我的畫展開幕的那個晚上，朋友開車帶我回他家，突然聽到一聲呼嘯，一輛摩托車自後飛馳而過，一兩秒鐘後我們聽到清脆的噗的一聲，原來是摩托車撞上了從橫街竄出來的一部卡車。朦朧的街燈下，倒落街邊的摩托車不遠處，有一個蠕動的身影。抵家後不久，隨後開車跟來的另一位朋友也到了。談起剛才的車禍，那位朋友說：「沒事！他還在動。」

曼德拉

在白人的天底下
度過了那麼多個暗無天日的
白天
他決心
要讓最黑的黑夜
都佈滿
微笑的星星

附注：曼德拉是世界上最受尊重的政治家之一，他帶領南非結束種族隔離
制度，走向多種族的民主制度。1994年成為南非首位黑人總統。

詩畫世界

從飛機的小窗口下望
他努力調整焦距
卻怎麼也讀不懂
這首沒有絲毫詩意的
朦朧詩

直到被一陣咳嗽聲吵醒
他才發現
原來是一個八歲的小女孩
用充斥肺腔的黑霧
噴染成的
一幅晦澀的
後現代畫

附注：據2013年12月29日《芝加哥論壇報》駐北京記者的報導，江蘇省
　　　一個住在工業區附近的8歲小女孩成為中國最年輕的肺癌罹患者。

風箏

分不清
誰
　　　在
　　　　扯
　　　　　誰

只知道一旦斷了線
隨風而去的
必是一個
遠走高飛的
　　　　　　夢

雪

為了這大片暖心的
潔白
再刺骨的冷
也得咬緊牙關
堅持

獨家風景

把所有的
陵墓古跡文物文化
道德信仰人倫人性
統統搗毀之後

他終於心安
體更安
大喇喇躺在天安門廣場上
獨佔風光

落葉

自從離開枝頭
這片葉子
便在空中
飄　　　飄
　　　蕩　　　　　蕩
如一個喝醉了的浪子

知道
再輕盈
遲早也得
墜
地

同時間辯論

同時間其實沒什麼好辯論的
即使你把所有的時針都往反時鐘方向撥
他還是自顧自地猛往前衝
讓你趕得上氣不接下氣

然後在某個午夜
在一個空無一人的陌生城鎮
你看到他高高蹲坐在發光的塔尖上
自鳴得意地

一聲聲
重重敲在你的心房上
接著是一片死
寂

此刻是你辯論的好機會
如果你還能開口

同天空辯論

別想同天空辯論

當它陰沉著臉雷電交加
你根本不可能同他辯論
但一旦雨過天晴
風清雲淡
你也隨之心平氣和
這時候你會想
有什麼好辯論的呢

濕吻
──懷念剛去世的犬孫可可

他閉著眼
習慣地伸出右手
摸索床邊
柔順的皮毛
以及短促熱切的
呼氣

卻突然被一個
冰冷生硬的凹陷
驚醒了過來

睜開眼
他看到他的手
正呆呆地
在那無限擴張的虛空裡
無望地等待
一個沾滿口水
調皮偷襲的
吻

運氣

那純然是我的運氣
一大早拉開窗簾
便看到兩隻松鼠
在陽光亮麗的白雪上追逐嬉戲
死寂了一整個冬天的後院
終於又有了生氣

那純然是牠們的運氣
剛從昏睡的黑洞裡爬出來
便有一雙閃光的眼睛
在拉開的窗簾後面出現
將牠們的活潑天真
一一捕捉下來
並把牠們短暫的探險
寫成了一首詩

無名花之歌

紅玫瑰，紫羅蘭，白蘭花，金銀花，
這些都是人類牽強附會
胡亂安在我們頭上的名字
根本同我們無關

那個湊著鼻子吻我們臉龐的小孩
根本不知道我們的名字
卻是我們的知心
也讓我們放心

知道他不會像那些評論家
熱情澎湃搖頭擺腦歌頌讚美之餘
一剪刀把我們剪下
去討好他們的情婦
或主子

霧霾

　　每顆漫不經心的
　　微粒
　　此刻都變成
　　碩大無朋的黑色隕石
　　轟隆轟隆
　　直直向你猛撞過來

蝴蝶

彩繪的翅膀
一開一合
一開一合

你感到了嗎
我有節奏的
清涼呼吸

同自己辯論

自己同自己辯論
最大的困擾
是角色問題

如在一場鑼鼓喧天的
京劇裡
誰扮白臉
黑臉
或紅臉

煙囪

一肚子烏煙瘴氣
卻理直氣壯

說什麼
管它黑貓白貓
能賺錢的
就是好貓

鄉愁

離家太遠
便都成了

孤兒

附注：天文學家們最近發現了幾個沒有軌道的星球，但據揣測，也有可
　　　能它們是繞著一個非常遙遠的星球在運行。

圓
──給詩友周夢蝶送行

在旅途中聽到您走了的消息
「圓寂」這詞語
便從西方天邊的微曦中
冉冉地升了上來

然後它在空中自動分解
游離
浮沉
盤旋
把您孤寂的一生
無限地拉────長
又無限縮短
終於消隱

只剩下了一個
找不到缺陷
光潤如詩
單純的
圓

賭城之戀

一個輸得精光的老人
從煙霧瀰漫的賭場鑽了出來
滿眼血絲
抬頭喜見天邊
還剩有一個
紅彤彤圓滾滾的
夕陽

便一把抓下
孤注一擲叮噹投入
張著老虎般大口的
宇宙黑洞

冰島之夜

1

這裡
連夢都
透明

只消一小步
便從今天
跨入了
明天

2

當今天的激情
仍在西方的海面上熾燃
興奮的明天
早在東方的天空上
紅彤彤露臉

附注：六月中旬的冰島，晝長夜短，清晨兩點多才日落，四點多便日出。

靜物1

三顆紅豔鮮美的
草莓
在盤子上
看一個
時而凝思
時而搔頭
時而眼睛發亮
時而微笑的
詩人

在寫一首
草莓詩

我為什麼寫詩

我不知道自己為什麼寫詩
只知道寫詩使我富裕
享有──不是占有──
整個
沒有通貨
卻不斷膨脹的宇宙

天空上──
飄逸恬靜的白雲
輕盈歡叫的雲雀
低吟的清風
溫柔的月亮與閃爍的星星

大地上──
高山小丘平原溝壑
蔥蔥鬱鬱
大海小溪湖泊池塘
淙淙涓涓
燦爛盛開的花朵
搖曳生姿的綠葉

小孩純真的笑聲
小貓小狗小雞小鴨小鳥的蹦跳與鳴叫
都是我生命的財富

當然還有
猙獰的黑雲
霸道的老鷹
咆哮的狂風暴雨
寂寞凋謝的花朵
隆隆的炮聲
淒厲的哭聲與嚎叫
這些使生命更立體更真實的
陰影
豐富了詩
也堅定了我

其實不是我在寫詩
是詩在寫我

時間容器
——給南茜‧錦‧卡綠庚

把已經夠黑的天空上
那顆最後的星星塗掉以後
她把畫筆一丟
便頭也不回地走了

知道
她一生中所有的最好記憶
都已深深封入
她的詩她的畫她的雕塑
以及所有親友溫馨的心中
那個無邊無際的
時間容器

附注：
（1）美國詩友南茜‧錦‧卡綠庚（Nancy Jean Carrigan，1933-2014）最
　　　近因老年痴呆症去世。上星期六我們一群平時來往比較密切的詩友
　　　去教堂參加她的追思會，會後一起上她家去參觀她生前創作的極富
　　　獨創性的繪畫與雕塑，緬懷不已。
（2）時間容器，或稱時代文物密藏器（Time Capsule）為一種內存代表
　　　當前文化的器物、文獻等，密封埋藏，供後世了解當代情況之用。

光與影

童心未泯的
太陽
一個早上
就這樣
張眼
瞇眼
閉眼
張眼
撩撥詩人
寫一首關於
生命的
詩

孤單1

有你的日子
我不孤單

有詩的日子
我也不孤單

有你有詩的日子
我更不孤單

而在無你無詩的日子裡
我只顧側耳傾聽
你輕盈走近的詩意腳步
渾然不覺孤單

孤單2

整個晚上沉浸在迷幻的霓虹燈下
被大大小小
閃閃爍爍的影子簇擁著
那個飄飄然醉醺醺的人
此刻正獨自走在
一條沒有燈光的小徑上

偌大的一個宇宙
只有半個月亮在天上
憐憫地俯看著他
跌跌撞撞
被他自己模糊的影子
拉扯著向前

日記

1

當年的一筆
流水賬
竟從黑暗的冬夜深處
淙淙涓涓湧出

鳥語花香的清溪旁
一隻招引的小手
正等著相牽
一同走進
一片幾乎被遺忘了的
風景

2

一隻最忠實的
寵物
永遠不會聽厭
你那一筆又一筆
平淡無聊的流水賬

更不會對從你心頭滔滔湧出的
那些赤裸的祕密
臉紅甚至大驚小怪

當然你也別想
它會感動得把溫暖的背
努努向你靠攏
或用淌著口水的舌頭
嘖嘖讚歎

同太陽辯論

你連他套在你身上的影子
都擺脫不掉
還想同他辯論
未免太不自量力

要是你仍喋喋不休
他便乾脆把眼睛閉起
讓你陷入一片漆黑
拼命掙扎摸索
試圖抓住
沉溺的
自己

黑色的呼號

聲浪高
牆更高

所以他們用乾血
把他們無聲的抗議
寫在舉起的手心
以及挺出的胸膛上

我無法呼吸！

附注：「我無法呼吸」是一個與「美國黑人生命至關重要」運動有關的口號。

新年祈願

所有的舊願
都隨著紐約時代廣場上緩緩降落的水晶球
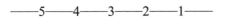
0
落地消逝

對

0
是個最好的數字
開啟新年

天真純潔
如一個新生的
氣球
在絢爛的煙花中冉冉上升
輕盈
不帶絲毫新仇舊恨
恩怨愛憎

聽貝多芬的田園交響曲

戴上耳機
萬籟俱寂

被巴基斯坦小學生的慘叫
以及美國黑人「我無法呼吸」的吶喊
脹得快爆炸了的世界
頓時成為真空

當指揮棒高高舉起
陽光絢爛
鮮花舒放
失聰多時的耳朵也紛紛張開
靜靜等待
一個沒被污染過的
音符
自宇宙深處
悠悠響起

同鏡子辯論

1

他直直地瞪著你的眼睛
說

你對我笑
我也對你笑
你對我皺眉頭
我也對你皺眉頭

天下再也找不到
這樣言聽計從亦步亦趨的人了
你幹嘛還要找我辯論？

2

它直直瞪著你的眼
說

我熟悉你的一顰一笑
也了解並完全同意
你所說的每一句話

還有什麼好辯論的呢？

3
它直直瞪著你的眼睛說
既然你模仿我的每句話
每一顰每一笑
實在沒什麼好辯論的

無名而孤單
——給恐怖份子

不管你幹什麼
請用你自己的名義——
別用我的名義
別用親友的名義
別用社會的名義
別用宗族的名義
別用人類的名義
更別用神的名義

在這世上
在這生命中
在這宇宙裡
特別是在天堂
你將永遠
無名

孤單

同山峰辯論

同山峰辯論是徒然的
他盤腿高高坐在那裡
像一個閉目冥思的智者
或俯覽塵世的聖人
任你引經據典力竭聲嘶滔滔雄辯
他都相應不理

偶爾你會聽到有聲音隱約傳來
卻發現只是一兩聲饑餓的猿啼
或你自己空洞的回音

在凝凍的窗前

三隻烏鴉
從空無一物的樹梢
魔影般掠起
如三個銳利的黑箭頭
刺穿
白茫茫的冬天早晨
停落在鄰居的屋頂上

冬眠醒來的眼睛
一眨不眨地凝視
這臨時搭建的舞台
想看春天這魔術師
如何用手抄起這幾粒黑點
輕輕一揚
便抖出
漫山遍野的
萬紫千紅

怪物

從神話的世界
紛紛跳上
二十一世紀的荒野

這群手揮利刃的
無頭怪物
橫衝直撞
發誓要砍掉
所有肩膀上的
頭

廣告

情人節過後的
清倉大賤賣
買一送一

你微微笑了
把電視關掉

我們的愛情無價
經久耐用
無需備品

窗

再大的窗
也容納不下
這五光十色的
大千世界

聰明的人類
乾脆把風景壓縮
成為幻影

從此大街小巷海邊山巔曠野上
只剩下了一道活風景——
或站或走或坐或蹲或躺的人類
眼睛直直瞪著
他們手上的一方
小窗

陰偶微雨

整個上午
他在陰沉的天空上
苦苦搜尋
一個活潑亮麗的熟悉身影

但太陽一直躲在雲層後面
風屏著氣雨躡著腳
它們都小心翼翼
照著天氣預報的腳本
扮演它們的角色

天空的大熒幕上
整個上午就這樣播放著
一齣沒有低潮更沒有高潮
鬱悶冗長的
生命連續劇

終於他再也忍不住了
猛眨著眼皮
想遙控換台

卻發現自己
是劇中
一個不可或缺的
角色

管道的白日夢

大白天
它夢見自己
一伸腰一踢腿
便唰的一聲蹦了起來
把滿肚子污七八糟的
原油
　　　　　　地溝油
陰溝水
　　　　　陽溝水……
統統瀉光
　　　　　排淨

然後幻化成
千千萬萬根
細緻透明的管子
把每個人類的心房
都連接上
宇宙的提煉廠

然後舒一口大氣
躺下去
繼續做它的
白日夢

磁性

一片小小的
磁鐵
竟能扯住
時間的後腿

他恍然大悟
為什麼天上的白雲
半空中的清風
路邊的小花小草
樹上的綠葉與小鳥
還有鄰居牙牙學語的小孩
都會讓他放緩
腳步

附注：發現車房牆上的掛鐘越走越慢，原來是受到附近一塊磁鐵的影響。

同月亮辯論

同月亮辯論是一種挑戰
你不能像同太陽辯論那樣
慷慨激昂
甚至面紅耳赤
必須溫柔
再溫柔
如同面對自己的母親

知道無論辯論的結果如何
她都會微笑著伸出溫柔的手來
輕撫你的頭

好好睡吧
孩子
明天還得早起

同星星辯論

你不可能同星星辯論
那麼多張嘴
東一句　　西一句
那麼多隻眼
這邊眨一下　　那邊眨一下
讓你首尾應接不暇

不如閉起你的嘴
靜靜等待
（等上整夜甚至百年千年如果必要）
它們當中總有一兩個
會熬不住打起哈欠瞌睡連連
然後頭一栽嘩的一聲滑下來
引起了一陣宇宙的驚呼

那時候你可張開你的嘴大聲發出
只有你自己聽得到的
勝利的歡叫

同鉛筆辯論

同鉛筆辯論是徒然的
如一個頭戴橡皮高帽的政客
他隨時會把他那些天花亂墜的許諾
擦拭得乾乾淨淨不留痕跡
讓你無從挑剔

這還不說
當他看到情勢不妙
便使詐跌跤
製造壯士斷臂的鬧劇
然後鄭重宣佈

辯論結束
不分勝負

主角

他猛跑出門
一躍上了馬鞍
然後穿過原野
向著又紅又圓的夕陽
篤篤奔馳過去

西部片裡的
最後一幕
夜夜
在他夢中
排演

好讓他清晨醒來
發現自己
仍是主角

火與冰
——為無家可歸的中東難民而寫

又一次證明
地球是圓的

從熊熊戰火中逃出
這群攜老帶小的難民
發現

另一頭的天空與大地
也在熊熊燃著

冷酷無情的冰

塵歸塵土歸土

——紀念美國女詩友格蘭娜·豪勒威

我看到一串溫馨的詩句
從骨灰甕徐徐湧出
映著初秋和煦的陽光
紛紛投入
渴需愛與營養的大地
敞開的胸懷

雍容大方
不慌不忙
典型的南方仕女

附註：2015年去世的美國詩友格蘭娜·豪勒威（Glenna Holloway）為伊
　　　利諾州詩人協會創會會長。當年她把會長的職務交給我這位剛走
　　　上美國詩壇的非白人，後來又為我的第一本英文詩集AUTUMN
　　　WINDOW（《秋窗》）寫序，並撰文在《芝加哥論壇報》上大力
　　　推薦，給了我很大的鼓勵。她是一位職業藝術家，從事釉瓷、銀
　　　飾及寶石等工作。來自美國南方的她，文雅矜持，是一位標準的
　　　南方仕女。我們參加了在教堂為她舉辦的追思會及簡單葬禮，把
　　　骨灰撒在教堂裡的花圃上。

血月

原來月亮同我們一樣
都是血肉之軀
都來自母親
充滿痛苦與歡樂的
子宮

但她得天獨厚
每隔幾年便回到
宇宙母親的肚子裡
哇哇重生

血的洗禮
讓她在億萬年之後
仍明亮如初

附注：2015年中秋夜恰逢超級月蝕（所謂的血月）。半夜裡被從窗口射
　　　入的明亮月光叫醒，起來寫詩。

邂逅
——秋晨在公園中漫步

四目相對
脈脈傳情

我脫口歡呼
這是宇宙間最純真的愛情

你怎麼知道她是在看你
妻揶揄

因為我在看她
我回答

聽不懂中文的她
只顧用她的大眼睛
默默地看著我們
不
看著我

秋日照耀的樹下
手裡捧著一顆硬果
高高豎起蓬鬆的尾巴
一隻美透了的
松鼠

當我的手指梳過你的頭髮

當我的手指梳過你的頭髮
陽光正梳過白雲
　　　　清風梳過丘陵
　　　　　　河川梳過平原
　　　　　　　　鳥鳴梳過樹林
一切都那麼從容
那麼自然

但我知道大家都有點依依不捨
想挽留對方停留片刻
或有話要說
卻又怕一開口
便把波紋攪亂

請安靜點
當我的手指梳過你的頭髮

晚安

她細心地把「晚安」
這兩個字輸入電腦
然後一一發給
付了費的
孤獨寂寞的人

有如把一碗碗熱騰騰的餛飩麵
外賣給餓得睡不著覺的顧客

當然不會忘記
免費附送一個美國中餐館的幸運籤餅
籤條上說
「今天晚上你會做一個甜夢
夢見這世上
到處是向你道晚安的人」

附注：報載中國有不少人靠在網上買「晚安」消解孤獨寂寞。有一個叫
　　　玖妹的「賣晚安的姑娘」（好像還是我的潮汕同鄉呢），在三年
　　　裡賣出了3000多條晚安短信，一條一塊錢。

時空之外

詩人在時空之外
撿拾了一大堆被丟棄的破銅爛鐵
抱回到時空裡來

都是些不登大雅之堂的玩意兒
不會被收入正史
更不用說獲什麼諾貝爾獎之類的了

但他知道
當年上帝創造宇宙
用的就是這些
毫不起眼的材料

向明
——給詩人向明

為了把生命的陰影

遠遠拋在後頭

他日夜追尋

太陽

月亮

星星

螢火蟲

甚至路燈

但我們發現

他的視線焦點

其實落在

這些光源後面

那顆更燦爛更熾熱的

詩的恆星

特別是在烏雲密佈冰雪遍野

又恰逢停電的夜晚

節日

當炮火點亮了天空
笑聲與歌聲
變成啼叫聲

我們知道「節日」這兩個字
一定是寫錯了

會不會是
「結日」或「劫日」

但在我們天真無邪的心中
我們知道是
「潔日」
「捷日」

因為我們已聽到
聖誕老人逐漸接近的笑聲
賀──賀──賀──

家

有了翅膀
便可到處為家

這些餓昏了頭的難民
卻只能拖著疲敝的腳
對著掠過地面的一群鳥影
乾吞口水

留白

1

把電視機收音機電腦手機統統關掉
讓被塞得滿滿的耳朵眼睛與心胸
都喘一口氣
給烏煙瘴氣的日子
留一點空白

2

關掉電視
不再有霹哩啪啦的恐怖子彈
不再有力竭聲嘶的競選
不再有猩紅慘綠鬱藍污黑
只留下晨光照耀的雪地上
一片賞心悅目的
白

寫詩

知道
池上的漩渦
湖面的波紋
湍湍的溪流
滔滔的江浪
翻天覆地的海潮
都源自一滴
小小的
水珠

詩人
嘴邊帶著微笑
在空白的稿紙上
寫下了
第一個
字

生命的河流

清冽的活水
日夜在我們慷慨激昂的心頭澎湃奔湧
但更多的時候我們寧靜平和
在溫煦的陽光下舒緩地移動
輕掠著岸邊的水草
有如撫弄情人的頭髮
愉悅地回應
樹上此起彼落的清脆鳥鳴
有時還會繞著水中突起的幾塊石頭
來一段美妙的迴旋曲

這就是我們生命的河流

探春

知道所有的生物
都巴望春天早一點來臨
土撥鼠
抖落身上殘留的噩夢碎片
以及一切可疑的陰影
然後探出頭來
在烏雲遮住太陽眼睛的瞬間
鑽出了冬眠的洞穴

接受
破土而出
萬物的歡呼

附注：預測春天何時來報到、紅透半邊天的賓州土撥鼠菲爾（Punxsutawney
　　　Phil），今早鑽出洞穴沒看到自己的影子，表示春天可能不遠了。
　　　根據傳統，如果菲爾在2月2日土撥鼠日這天鑽出來時看見自己的
　　　影子，冬天將繼續在北美撒野6週。但如果早上多雲，菲爾沒看見
　　　牠自己的影子，春天應該就不遠了。其實每年鑽出洞穴的土撥鼠
　　　並非同一隻，而是選出一隻來做代表。

靜物2

一粒被滿肚子鮮活的靈感
鼓脹得蠢蠢欲動的檸檬
在畫架邊上的盤子裡
看著靜物畫家的手
久久停在半空中
不知從何下筆

終於成了
靜物

川普牆

在21世紀
沿著我們心的邊界
築起的這道牆
在黑暗人性的滋潤灌溉下
無疑將分裂繁殖
成為偉大的
美國長城

等一等
你是想
進來
還是要
出去

附注：美國共和黨總統候選人川普建議在美國及墨西哥邊界築造一道高
　　　牆，阻擋非法移民入境。

嬰啼
──布魯塞爾恐襲現場，2016.3.22

1

這一聲呼天搶地刺耳的嬰啼
是一條越拉越長的臍帶
連接過去與未來
綿綿仇恨的
黑洞

但願接生婆
及時驚醒
一刀剪
斷

2

拉著
從仇恨的硝煙裡響起的
一聲長長的淒厲警笛
救護車

載著血肉模糊的人類
向宇宙的急救站
疾馳過去

但願在抵達前
還沒太斷氣

晨間新聞1

他們又在那裡
指手畫腳互罵
口水與謊言齊飛
力竭聲嘶競選
宇宙的大笑柄

實在無法忍受
這無止無休的噪音
他伸手去找電視遙控器
但轉念一想
讓鬧劇繼續下去也好
這樣便不會聽到
那些更可怕的新聞──
粉身碎骨的劫機
血流成河的恐怖襲擊
翻天覆地的颱風
火山地震
……

小草

才閉上疲敝的眼睛
又被一批倉皇逃難的腳踩醒

小草不禁懷疑
母親大地死死抱住自己的腳
不讓它跟著大家一起跑
是愛？是慈悲？或竟是
自私的無奈

拳王阿里

重重一擊
整個地球又左右搖晃了一陣

他不是患博金森症嗎
怎麼又出賽了？

原來是垂死的他
竭盡全力
對人類冥頑的紛爭與不義
揮出了

最後的一拳

鐵樹開花

熬了幾十年
這棵鐵樹終於開了
花

她說它是耐不住寂寞
你說是春情勃發
他說那是它對著人間的亂象
高高豎起的一根中指

我說呀
鐵樹其實是個好詩人
這是他醞釀了幾十年
才寫成的一首
讓人們七嘴八舌談論的
現代詩

從這裡開始

80圈詩的年輪
80個人生驛站

每一站有每一站的風景
每一站有每一站的人物
每一站有每一站的愛情與故事
每一站是一個嶄新的起點與方向
每一站都在頻頻招手

來吧！來吧！
從這裡開始

附注：我一向不注重過生日，今年兩個兒子及媳婦相約來家為我慶祝八
　　　十歲生日，還給了我一個驚喜，在我及大兒子的母校威斯康辛大
　　　學以我的名義設立了一個永久性的文學創作獎學金，每年頒發一
　　　千美元給該校一名創作班的學生。我答應為他們的孝心與好意寫
　　　一首詩。

太湖

就是這地方！

宇宙設計師
在太空來回巡視
終於把手中
一塊最珍貴的隕石
直直擲向
地球上的一個最亮點

哐噹一聲
千萬年後
在一群詩人的吟誦聲中
我依稀聽到
餘音盪漾

山清水秀⋯⋯
人傑地靈⋯⋯

附注：據南京大學地球科學系最新研究報告，太湖為隕石衝擊坑。

曇花

1

知道
這短短的一瞬
就是整整的一生
她因此決定
要舒緩再舒緩
從容更從容
把每一秒
都綻放成
永──恆────

2

五朵曇花
把短短的今夜
開成了永恆

它們不獨領風騷
更不彼此嫉妒
只專心經營

一首屬於自己生命的
絢爛的
小詩

友誼

你揮揮手
頭也不回地
向天邊走去
漸漸成為一個微點
消隱

我悵然回頭
卻看到你
就站在我的身邊

飛
──詩勉一個早熟的小女孩作家

從
聽說有飛這回事
到
嚮往飛
到
想飛
到
學飛
到
在如雷的掌聲和喝彩聲中
振翅一飛上青天
才發現

天高地厚

單行道

無止無盡的路上
一部接一部的車輛
各有各的負載與終點

陷身車陣中
不能超車
更不能回頭
眼巴巴瞪視著前方
期待一條岔路
燦然亮起

我們快到了嗎

蓋茨堡演說

而這個
我有
我治
我享
的政府
將永垂不朽

附注：美國共和黨總統候選人川普2016年10月22日在賓州蓋茨堡（林肯
　　　總統著名的「共有，共治，共享」的演說地點）演說。

生日禮物

這是你的日子

我們把你的歡笑
我們的歡笑
大家的歡笑
用明亮的陽光包紮起來
送給未來

讓未來的每一個日子
都
生日快樂

外灘的黃昏

上海的初冬
竟充滿了春天的氣息

霧霾及喇叭聲中
仍有令人心動的
鳥語花香

即使東方明珠沒在期望中亮起
這個黃昏
因妳亮麗的笑聲
仍絢爛多姿

在佛前

低頭合掌
正不知該如何開口

慈悲的佛早微微笑道
知了知了

時差3

整夜
他清醒地在黑暗中打撈
被噴氣機遠遠拋在後頭的

陽光
歌聲
笑
友誼
愛
與時間

天亮時一陣鄉愁霧霾般瀰漫
整天他就這樣睜大著眼睛
似夢非夢
似醒非醒

時差4

整夜
他清醒地在黑暗中打撈
被噴氣機遠遠拋在後頭的

陽光
歌聲
笑
友誼
愛
與時間

黎明時一陣突來的鄉愁霧霾般瀰漫
終於使他睜得大大的眼睛不由自主地閉上

元旦

他們把綿綿的時間之流
分割成
年
月
日
時
分
秒

然後把它們串成長可及地的鞭炮
霹靂啪啦
燃放

草原

一望無際
心的原野

沒有神祕的黑森林
也很少標奇立異的樹
在這裡
草與花與兔與鼠都知道
越接近地面
越生機蓬勃

連一向自命清高的風
都懂得
要輕撫大地情人的髮絲
只有放低身段

溫柔又溫柔
體貼再體貼

火山

1

知道他已按捺不住
她用小鳥般尖尖的嘴
在他的臉頰上輕輕一啄

頓時
烈焰滾滾
天翻地覆

2

看人類在他身上
為非作歹
搞得千瘡百孔烏煙瘴氣
他氣得渾身顫抖

砰！
終於噴出了
一口怒火

全球暖化怎麼了

1

冰山一樣冷酷的
心

我們熱呼呼的警告
他都只當
耳邊風

2

地球再怎麼暖化
都溶解不了
那晚你給我的
冷眼

難民之歌

隨著一片片
不白不黑的灰雲
這群疲憊的腳
各自拖著一個滴血的心
從一個國家
流浪到另一個國家
尋覓一個
還沒被仇恨與炸彈
炸碎的家園

雪頌

每一顆
有每一顆的生命
與光輝

他們聚在一起
只為了讓這烏煙瘴氣的世界知道
什麼是潔白

你只要問
那些在他們身上翻滾過的
小孩與小狗
都能大聲告訴你
這就是快樂

瀑布

越不平
吼聲越大

一首大義凜然的
抗議詩
沒一個詞句
患有懼高症

醒來

被妳亮麗的笑聲喚醒
冬眠的眼睛開始解凍
轉瞬間
眼前嘩嘩展開了
一個萬紫千紅的
春天

蒙娜麗莎的微笑2

我知道妳為什麼
微笑
我知道妳為什麼永遠對著我
微笑

妳要看我
永遠對著妳
微笑

世界盡頭

既然地球是圓的
根本就無所謂什麼
世界盡頭

除非我們把充滿熱情與友愛的
氣球刺破
或放走

而世界將成為
崎嶇難行
隨時都有可能墜落的
險地

附注：英文的WORLD（世界）字少了O便成為殘缺不全的W　RLD，而
　　　「end of the world」便不僅僅是「世界盡頭」，更有可能成為「世
　　　界末日」了。

贏不起的人

他贏了
但他一點都不感到興奮
所有的歡呼與鼓掌都來自活人
很少，甚至沒有，來自死人

因此他下令調查
究竟有多少死人在偷偷地活著
多少活人在明目張膽地裝死

附注：因沒得到多數選票，美國川普總統下令調查用已去世的選民之名
　　　投票的真相。

籠鳥1

鳥籠的門大開
鳥背著雙翅
在籠裡踱方步
然後抬頭
看了天空
一眼

飛過了陰晴圓缺
春紅夏綠秋黃冬白
現在牠只想
用一雙虛擬的翅膀
飛向
那虛擬的
天外
天

籠鳥2

在這網絡時代
他知道
自由這字眼
已沒多大意義

此刻他正用眼睛
打開
那虛擬的籠門
調整身上
那對虛擬的翅膀
隨時準備一沖上
天

那無風無雨無霜無雪
無邊無際
虛擬的
天

良藥

良藥苦口
是中醫的說法

做為詩人
我卻發現

一陣清風
一聲鳥鳴
一朵花
一片葉
一個微笑
一段好曲
特別是

一天一首好詩
會讓醫生無所事事

元宵

用力揉捏推擀
和著淚水的綿綿鄉愁
然後把歲月積累的一大堆芝麻
小事與煩瑣
包成了
圓滿亮麗誘人的
天上人間

失眠

從思鄉夢中倉促逃出的
一聲怯怯的
「喂，有人在嗎？」
整夜在清醒的天空上
自一顆星到
另一顆星
輾轉轟傳

甜圈餅

1

一圈甜蜜的
誘惑

再飢腸轆轆
都得保持
紳士的派頭

有如面對
亮麗的眼睛下
一圈圓潤的唇

不能狼吞虎嚥

2

面對一圈
甜蜜的誘惑

眼睛圓睜
口水噴湧
他反復思量

該從哪裡開始

3

從卡路里過剩
飽喝連天的桌面上逃逸
甜圈餅
在半空中盤旋
想為自己
找個安身立命的所在

卻看到
地面上一群人
嘴巴張得大大
齊齊向它伸出雙手

不知他們是想抓住它一口吞下
或誤以為它是來接運他們的
太空船

流浪漢

在崎嶇的路上
被自己的
影子
重重絆了一跤

他不禁驚喜

月光下
他其實並不
孤
單

晨曲

柔情地
他對一隻在草地上啄食的
褐尾鳥說
這後院裡的
每隻蟲每條蚯蚓
都是你的
你就慢慢享用吧

柔情地
牠對站在陽台上的他說
這草上的每顆露珠每滴眼淚
都是她的
你就慢慢數吧

今年的頭一朵蒲公英

我知道你不喜歡冰雪
喜歡流浪
想必剛從原始的遨遊夢中歸來
選這陽光燦爛春風輕拂的一刻
突然現身
好讓一個抖索了整整一個冬天的詩人
驚喜地
又發現了詩

我們之間

葉撫著葉
　　　　枝連著枝
　　　　　　藤牽著藤
　　　　　　　　手拉著手
　　　　　　　　　　心抱著心

　　　　　　　　　　沒有邊界
　　　　　　　　沒有高牆
　　　　　　沒有偏見
　　　　沒有仇恨
沒有戰爭

我們之間
只有
愛

約會

在今天早上發出的電郵上
你說
我們好久沒見面了
希望你4月19日那天中午有空
我們在「相見歡」吃頓飯聊聊天

我趕緊跑到垃圾堆裡
把被我從日曆上扯下的那一天
翻找出來
幸好上面一片空白
沒有約會也沒有任何安排

現在的問題是
如何讓太陽從西邊升起
或讓時針往反方向移動

你知道
根據我的日曆
今天是
5月12日

母親節快樂

在四目相對中交流
愛
洋溢在兩張笑臉上

連她手上捧著的玫瑰花
都開心得
朵朵
合不攏嘴

風與愛

風是無形的
但我們能清楚看到它的行蹤
飄逸的白雲
微微顫動的花草
猛烈搖撼的樹木
格格作響的玻璃窗
或飛牆走壁的招牌

愛也是無形的
但我們能清楚知道它的存在
咪咪的貓叫
輕輕擺動的小狗尾巴
小孩歡快的笑
鄰居親切的招呼
路人友好的眼光
特別是
情人們砰砰的心跳

雷陣雨

從
陽光燦爛微風輕拂
到
天空陰沉的臉
到
轟隆轟隆
到
霹哩啪啦
到
淅淅瀝瀝
到
雨過天晴鳥鳴清脆

又一次
老天爺
試著用各種音響
撼醒冥頑的人心
或震聾
輕信的耳朵

一串葡萄

每一顆
都有各自
甜蜜飽滿的生命
等著被撫摸
採摘
品嘗
回味

有如一首精美的詩
字字珠璣
不能狼吞虎嚥

起飛的姿勢
——題天蓉的攝影作品

蒼勁的翅膀一振
便天南地北無遠弗屆
整個天空都屬於它

但它寧可挺腰站在這裡
把腳深深插入
這生它長它的土地

然後用一個起飛的姿勢
引一雙藝術的眼睛靈光一閃
讓一枝詩筆描繪宇宙永恆的鄉愁

門

當初是哪個自作聰明的設計師
在牆上開了個門

雖然方便了那些循規蹈矩的
俗夫如你我
卻讓那些有本事的翻牆者
英雄無用武之地

非時裝表演

在藍天的伸展台上
雲的模特兒——
老的少的男的女的胖的瘦的
正在展示
貂皮綢緞的正式晚禮服
但更多的是
寬鬆舒適的日常便裝

這精彩的演出
乃是專門給那些
不整天盯著大大小小熒幕的
明亮眼睛
看的

河流穿過

鳥飛過空中
血管繞行體內
生命穿過世間
總有停頓的時候

只有這河
日夜滔滔不絕
穿越大地

如同擁有一個
永不涸竭的
源頭

大地之歌

母親大地
心甘情願
讓尖刃
在她的身上
長長地劃了一道

頓時
血流如注
而許多生命便跟著活躍了起來

蹦蹦跳跳的魚蝦
起起落落的蜂蝶鳥雀雁鴨
穿梭奔逐的鼠兔牛羊
以及起伏擺盪的野草與樹木
就這樣共擁著一條
穿越大地的河流
合唱一支
雄渾美妙的
生命之歌

白花蝴蝶蘭

1

亮麗的陽光下
白色的翅膀
在清風中
微微扇動

這樣幸福的日子
即使能飛
誰也不願意離開

狂風暴雨下
白色的翅膀
緊緊圍護著
母親的胸懷

這樣苦難的日子
即使能飛
誰也不忍心離開

2

白色的翅膀
一張一合
一張一合

你聞到了嗎
她清香的
呼吸

晨間新聞2

打開電視
堆積了整整一夜的
人禍天災
一下子都破屏而出
頓時把原本充滿陽光朝氣的房間
搞得烏煙瘴氣

趕緊撳下按鈕
把世界關在外頭

卻怎麼也關不掉
狂吼的風聲
霹靂的雷聲
轟隆呼嘯的槍炮聲
哀哀的嬰啼
一雙雙沉默絕望的眼神
…………

照相

再快的快門
再智能的手機
都只能拍到
過去時光中
一個迅速老去的
身影

蛇

沒有比蛇更富創意的了
把一條短短的直路
走成充滿驚奇
九彎十八拐
亮麗的
詩

爺爺，請坐

在開往鼓浪嶼的渡輪上
你爭我奪的喧囂中
一聲清脆的
「爺爺，請坐」

是一個玩手機的年輕母親
從她專心玩新玩具的小孩身邊站起來
給我讓座

躊躇了一下
沒資格當爺爺的我
還是坐了下來
以便好好欣賞
她微笑的臉上
那片比我們連日來所看到的
名山秀水
更美好的風景

還有她背後窗外
那越來越亮麗的
遠景

秋風起

連白雲
都前呼後擁
追隨野雁南飛

這就難怪
全身長滿翅膀
卻深陷紅塵的這棵樹
在那裡拚命搖晃扭動掙扎
力竭聲嘶呼叫
要加入牠們的行列

晚秋

看落葉
在欄杆圈住的院子裡
腳不停蹄地
一圈又一圈飛旋
他竟不自覺地緊緊抱住
窗內的自己

也許它們不是在跳圓舞曲
而是身不由己地
隨著一陣又一陣的難民潮
在無奈地四處漂泊
找不到回家的路

夏天

怕冷的腳
終於一隻隻
從鞋子裡伸了出來

在草地上
在沙灘上
在佈滿石頭的小徑上
熱情澎湃
吻著母親大地
齊唱嘹亮的
赤足天使之歌

向日葵

把眼睛睜得大大
脖子伸得長長
它們在遼闊的天空
以及一望無際的原野
到處尋覓
一生嚮往的太陽

沒想到
太陽就在它們的心中
溫馨地微笑

冬柳

既然所有的湖泊及溪流都結了冰
眼睛炯炯發亮的鳥呀兔呀松鼠呀還有
生蹦活跳的孩子們
不是南飛就是冬眠或躲在家裡
沒有這些鏡子
這株飽經風霜的楊柳
不知該如何
也找不出任何理由
去裝扮自己

但它知道自己美麗的映像與倒影
已被深深收藏
在冰凍的水底
以及年輕詩人的心湖中
隨時會激發
生機勃勃
萬綠千紅的
春天的詩

能量守恆定律

科學家警告
地球暖化
懷疑論者說
假新聞

現在我明白了
為什麼我的身體
越來越熱
我的心
卻越來越冷

佛州槍擊

又一次
我聽到連珠炮般的子彈
從自動步槍的槍膛砰砰射出
無聲地鑽入
無辜的稚嫩身體
引發了一陣又一陣
淒厲嚎啕

又一次
我聽到哐噹哐噹的金幣
紛紛落入
軍火製造商，全國步槍協會
政客們手中捧著的金碗
引發了一陣又一陣
得意的豪笑，不
好笑

冬天的太陽

你再努力
用各式各樣的雲彩喬裝自己
讓我直直看著你的臉
我還是不會把你當成
溫柔的月亮

即使沒有冷冽的北風
一陣又一陣
刺骨提醒

冰柱

我知道
這一排排威風凜凜的槍矛
將隨著它們捍衛的
冰雪王朝一起瓦解
消失

在春天來臨之前

晨霧

慈愛的母親
又一次把相思的淚雨
化為輕柔體貼的
霧

擔心在遠離家鄉的城市裡
今早匆匆出門打工的獨子
又忘了
帶傘

為我們的生命遊行

天空仍陰沉著臉
但我已看到有陽光
在你們年輕的臉上
蠢蠢閃動

是的
這世界遲早是你們的
但我完全理解
你們想此刻就捧住它
在它崩潰之前

附注：2018.3.24由學生發動的在美國華盛頓及世界各地舉行的支持槍枝
　　　管制遊行。

華登湖

「……它是地球的眼睛；看進它，
觀者可測量自己天性的深度」

——亨利·梭羅

噓！
別作聲
你會驚動樹上的鳥
以及湖裡的魚

更糟糕的是
你會引起那些熙熙攘攘遊客的注意
一個巴士接一個巴士潮水般湧來
爭著看進
此刻堆滿了人類垃圾的
你的眼
好測量他們
天性的深度
不，淺度

附注：根據報導，人類製造的垃圾與氣候變化正在摧毀美國著名小說《湖
濱散記》作者亨利·梭羅一度隱居的華登湖。

政客

陽光越亮
影子越暗

這就是為什麼
他常把
黑
說成
白

或把白
說成
黑

鳥譯器

在這陽光明媚
柔風輕拂的早晨
爽朗的天空
沒有一絲陰霾

從樹上你甜美的叫聲裡
我聽得清清楚楚
你同我一樣感恩開心

根本不需要
什麼鳥譯器

附注：目前市面上已有供手機使用的狗譯器，能把狗叫譯成英文。據說
　　　把人話譯成狗語的翻譯器正在開發試驗中。

柑橘

每一粒
都是一個
圓滿的存在
洋溢著熱情的蜜汁
卻永遠保持冷靜

別想在它們身上看到
火山爆發

晨雨

躺在床上
聽
靈活的小手指
在屋頂上
嘩啦嘩啦彈奏
一首龐大的
夢與現實交響曲

全場蕭靜
連每天這時候
都會嘰嘰喳喳出現的
小鳥
都噤了聲
只有偶爾
在指揮棒的撩撥下
呼呼掠過的
一陣清風

夏令營

從無助的父母手中
攫走
他們把哀號啼叫的小孩
放入
有鐵絲牢籠的
集中
夏令營

附注：美國在川普政府零容忍政策下，約有2300名孩童被強制同偷渡入
　　　境的父母分開。福斯新聞電台的廣播員說這些移民兒童拘留所
　　　「其實是夏令營。」

畫像

不管時間的筆
在我心的畫布上
如何塗塗改改
描繪多變的背景
以及輪廓
我都會用最柔和的線條
最溫暖的色彩
在你的嘴角及眼角
添上
我們初遇時
那個永恆的微笑

蒙娜麗莎

放生

整個上午我眼睜睜看著
一隻蜜蜂
被困在窗玻璃間
掙扎著找出路

終於看到牠
從窗框的縫隙間掙脫
回到了外面的世界

天空舒了一口大氣豁然開朗
花草樹木齊齊伸出
歡迎的手

我驚喜發現
被放生的
竟是我自己

陽光普照

大公無私
他把所有的愛
光與熱
統統分給宇宙萬物——
大的小的高的矮的
美的醜的飛的爬的
動的靜的生的死的……

至於那些莫名其妙的陰影
所製造出來的界限與障礙
猜忌與仇恨
都是那些心地不透明的傢伙
為他們自己挖掘的墳墓
同他無關

詩之國

再強大的王國
都有邊界

這個不知天高地厚的詩人
卻野心勃勃構思
如何建造
一個海闊天空
沒有邊界不設關防
無需護照就能自由出入
通行無阻的
詩的王國

用方塊或爬行文字
幾朵白雲幾陣清風
幾株紅花綠草樹木
幾聲蟲鳴鳥唱童笑
以及不帶絲毫陰影的
愛

影子

　　不管你的皮膚
　　是白是黃是棕是黑
　　它都一視同仁

　　在它身上
　　再歧視的眼睛
　　都找不到
　　膚淺的藉口

微笑

繃得緊緊的臉上
找不到一絲笑紋
究竟是什麼樣的嚴酷冬天
讓她心中的春天
遲遲不敢來臨

美國宰恩國家公園

1

這麼原始的
傑作

再前衛的藝術家
在它面前
都只能
目瞪口呆

2

如此原創
如此前衛

毫無疑問是開天闢地藝術家的
自塑像

老頑童

比幼童更幼比老頭更老
這老頑童
從他長長的一生中
順手抓了一大把酸甜苦辣
放進嘴裡
津津有味地咀嚼

然後張開大口
把有血有肉的笑料
噴向一張張
笑不是哭也不是的
臉

附注：我曾兩度應邀到有「老頑童」之稱的畫家黃永玉先生在北京的萬
　　　荷堂做客。他在給我的信上說：「真羨慕寫得好詩的詩人。我用
　　　石頭把精彩句子鑲在荷塘的牆上」。記得其中有我的詩〈流浪
　　　者〉及〈醉漢〉的首節。

晨妝

整個早上
她在鏡前
試用各式各樣的珠寶 ——
鑽石戒指，手鏈，珍珠項鏈，耳環……
卻一直沒扮出
那個美好的形象

直到從記憶的盒子裡
找出了一朵
燦開的
純真微笑

電話

叮鈴……叮鈴……叮鈴……

又是一個推銷員
在推銷產品
或一個政客
在推銷自己

拿起話筒
卻驚喜發現
是你
用甜蜜的聲音
在推銷友情
與愛

放風箏

被兩頭的歡叫聲
扯得緊緊的繩子

根本搞不清
是誰在拉誰

每陣風都是一首詩

你看不到風
但你知道
這陣風來自西伯利亞
你看它掠過的屋簷下
都結滿了閃亮的冰柱

這陣風來自春天的原野
悠悠飄過的白雲
輕輕擺動的樹葉
啾啾鳴叫的鳥蟲
嘻嘻哈哈的孩童
都帶著盛開的花香

這陣風嘩啦嘩啦搖響你的窗子
警告你
雷雨將迅速掩至

這陣濕潤的風來自你的心湖
昔日的情人正含淚站在湖邊

默誦一首又一首
你為她寫的纏綿詩句

是的
你看不到風
但它用豐富的意象
讓你感受到它的存在
以及它所要表達的
千變萬化的美麗與詩意

中色透明

或許
該有一種噴漆
把各色人種
白種人
黑種人
黃種人
棕種人
都噴成不可分辯
無從歧視的
中色或無色的
同種人

然後噴上一層
滲透的明膠
讓每個人的內心
神也好
鬼也罷
都一目了然

咕咕咕——

想必是哪個童年的玩伴
在窗外遠處張著嘴
用低沉的咕咕聲
一大早把我叫醒

鷓鴣
鴿子
徘徊不肯離去的
貓頭鷹
或浪跡天涯
倦極歸來的
你
在同我玩
捉迷藏

耳鳴交響曲

先是低音喇叭
自左耳嗡嗡響起
配合右耳日夜嘶鳴的豎笛
呼嘯著怒吼著
自山巔嘩嘩掃過曠野
再被高高撩起
在半空中危危停留瞻望

等待
指揮棒猛然一落
鑼停鼓歇

霧晨

朦朧的天空
朦朧的大地
朦朧的眼睛
朦朧的心境

一首逐漸成形
美好的
朦朧詩
卻被電視上
一個黑白分明
紅藍分明
或
藍綠分明
搖旗吶喊相互對罵的
鏡頭
撕成
片
片

哀悼總統

看到電視上

熱潮滾滾

到處是對剛逝去的布希總統的深切哀悼

比他在競選大會上

厚臉皮扮小丑所掀起的掌聲

還要來得響亮動聽

他想

要是死的是他（大寫的他）自己

多好

晨光下的河流

躺在大地的床上
向天邊
伸一個舒適的懶腰
吐一口
長……長……長……長……的氣

走天走宇
——懷念剛去世的文友劉強兄

好久沒抬頭看天了
今晚突然想起你
卻發現
你已不在那個熟悉的地方
閃爍發光

想必是你找到了
一個視域更寬闊的位置
俯視人間
準備寫你的下一部長篇小說
或竟因耐不住寂寞
開始在宇宙間浪遊
為你的散文集《走山走水》
寫續篇

附注：株洲作家劉強先生，多年前為了收集資料撰寫《非馬詩創造》（中
國文聯出版社，2000年），曾千里迢迢跑來芝加哥訪問我。之後
我們又在國內幾個文學場合上見面，相處得相當愉快。不料獲知
他竟已於2017年年底悄然離世，令人感傷。

牛郎織女

當擁塞的街道及摩天大樓
佔據了曠野平原
汽車取代了奔馳的馬匹
我們去哪裡尋找牛郎

而當自動駕駛的汽車到處橫行
司機這名詞也會很快過時
取代它的
將是眼睛緊緊盯著手機
編造幻景的織女

冰雪頌

昨天早上
用剛買來的鏟雪機鏟雪
對門鄰居白人太太跑過來問
需要幫忙嗎
我們家裡多的是閒手呢

今天早上
去退還不合意的鏟雪機
在UPS運輸公司門口
一個剛從門內走出來的黑人顧客
對合抱大箱子掙扎著上樓梯的我們說
請讓我幫忙

沒有冷冽的冰雪
我們也許不會嘗到
這些人間的溫暖

情人節

他深深相信
愛不是一個大餅
一分就少

無論大小男女老幼
所有的
情人親人友人鄰人路人
飛禽走獸爬蟲（包括見首不見尾的
龍）
花草樹木溪流山丘
都是他的情人

每一天
都是
情人節

冰樹

盛裝而出
讓早起的眼睛們
欣然燦亮

比玉雕更美更誘人
收藏家們卻只能站得遠遠
乾瞪眼垂涎

知道無法讓它們成為
掌上的玩物
或古董

捉迷藏

小時候
他最喜歡同風捉迷藏
雖然看不見它的身影
但他相信
它就躲在
某棵大樹的背後

而且知道
那些在它上面看熱鬧的
調皮的樹葉
遲早會憋不住氣
沙沙或嘩嘩
透露風聲

腳印

為了不讓自己迷路
每隻動物
偶爾會回過頭去
看看自己留下的
或大或小
或深或淺的腳印

這個迷了路的詩人
卻是每走一小步
便要回過頭去
對著越踩越淺
越來越零亂不知所云的腳印
頻頻叫好
點讚

小難民

眼睛直直瞪著
陌生的天地
沒有聲音
發自他們張得大大的嘴巴

但我能從他們抖動的嘴唇
讀出每一個字——
冷，餓，媽，抱……

櫻花季

樹上的櫻花說
你美
樹下的姑娘說
你更美
半空中掠過的小鳥說
都很美

在這美不勝收的季節
一個經常為自己點讚叫好的詩人
此刻更被美昏了頭
在那裡搖頭擺腦不斷地說
我美我美我美

自閉

門窗緊閉
燈火滅熄
眼睛合起

但他還是感到
黑暗自四面八方
如一堵堵鐵牆
向他圍攏了過來

正在他快要窒息的時候
他母親的一聲輕呼
如一個溫暖的火苗
及時在他心頭
點燃

頓時
陽光亮麗
海闊天空

永鮮麵包

　　為了愛護海洋生物
　　好心的人類
　　一邊努力讓地球暖化
　　一邊把永遠保鮮的麵包
　　（塑料製成的）
　　傾入海洋

　　讓牠們從此不再
　　受凍挨餓

附注：在菲律賓，一條死鯨魚被發現胃裡裝滿了88磅塑料垃圾。（紐約
　　　時報，2019.3.19）

紅知更鳥

嗨

太陽底下滿身大汗的我
一邊推著剪草機
一邊對降落在不遠處草地上的
一隻紅知更鳥
微笑著打招呼

牠眼睛睜得大大
左右擺頭看著我
好像是在說
我們又不同類
更不同種
你怎麼會認得我

我笑著對牠說
我還以為鳥類都有好記性
你怎麼忘了
不久前我們曾在詩的天地裡相遇
成為莫逆

宇宙黑洞

1

任何東西
有重量或無重量
包括逍遙自在的光線
一旦被它吸了進去
就別想再出來

2

久久瞪著彼此的眼睛
這對情人
都巴不得自己是一個黑洞
好把對方的一顰一笑
連同那深藏心中
不肯輕易出口的情話
一併吸入

3

久久瞪著彼此的眼睛
這對情人

都想在對方的眼裡
找到一個黑洞
好把自己無法訴說的愛情
深深投入

機器人工會

眼看
不吃不喝不眠不休的
機器人
搶走他們的飯碗
聰明的人類
終於想出了妙計

朝九晚九週六加班
（這只是個開端）

看誰更機器

附注：聽說大陸有公司倡議「996」，讓工作人員朝九晚九週六加班。

超速

夏天裡過海洋
胸懷中真歡暢

在緬因州空曠的超級公路上
追風騰雲駕霧

半個世紀後
終於趕上了

目瞪口呆的
自己

附注：1977年夏天我駕車帶全家人遊覽美國東部，經過緬因州。寬敞的
　　　超級公路上車輛極端稀少，幾乎所有的車都超速，我也跟風。到
　　　了一個收費站，十幾部超速的車子，包括我們的在內，都被一一
　　　靠邊，接受罰單。原來交警用直升機在空中巡視。最近我在伊利
　　　諾州的駕照即將到期，去申請換新，卻被告知我有一個來自緬因
　　　州法庭的違規舊檔，需先清理。

水災

潮水
排山倒海而來
天空板起
越來越黑的臉

心胸狹小的水庫
急急拉起閘門

知道潮水雨水的後面
將有氾濫的淚水
自人類的眼眶湧出

土霸王

當血腥的詞句
從他嘟起的嘴內噴湧而出
我們知道
他又在那裡推銷自己

將真相扭曲成
假新聞
將醜聞粉飾成
美聞

這土霸王
真人秀的主持者
精通如何逗引
一群迷途的羔羊
追著自己的尾巴
繞著一個無止無盡的圓圈

團團轉
團團轉

元極舞

活氣
自腳下的大地
源源湧入
終於把積了一夜
不，一輩子的悶氣
鳥氣晦氣霉氣火氣小氣勞氣老氣烏煙瘴氣
統統排出體外

看
一朵朵鮮亮的微笑
正在悠揚的樂聲中
翩翩起舞的年輕臉上
紛紛綻開

亞馬遜大火

濃煙滾滾

但只要邁阿密的
川普國家多拉高爾夫度假村的草地
保持綠油油
好接待明年的G7
（或G6）峰會
管它

烈焰沖天
亞馬遜在燃燒

四顆藍鳥蛋

四顆藍得發亮的
眼珠
直直瞪著我

我知道
是我錯了
粗心大意笨手笨腳
把你們從安安穩穩的窩裡
捅了下來

我知道
你們的母親
此刻正站在不遠的草地上
眼睛睜得比你們還大
一瞬不瞬地瞪著我

等我
把她的寶貝們
一一捧回
溫暖的搖籃

機器檢測人

這些日子
連機器人
都弱不禁風
對著幾個無害的名詞
嗤嗤猛打噴嚏

說不定敏感的它們
會有一天腦袋發燒
把狹窄心中
容納不下的字句
統統從詞典裡剔除

阿彌陀佛
阿門
善哉
哀哉

附注：今天擬在一個網頁上發一篇多年前寫的隨筆，卻被告知「PO文存
　　　在敏感詞，請修改後提交」。友人說：「可能是自動檢測吧。」

耳鳴

日夜轟響
只為了提醒
世界和我
都還活著

樹林

一個自由的國度
沒有關口
更沒有牆

夕陽下
一群歸鳥紛紛投入

從夢中醒來
我們看到
一條白蛇
或一股清流
正悠悠從安全窩裡游出
進入一個逐漸明亮起來的
霧的世界

油畫新娘

——紀念結婚57週年

任何人
都有嘟嘴瞪眼的時候
即使面對
自己最喜愛的情人

妳卻從早到晚
用一雙清澈的眼睛
看著我
跟著我
到房間的每個角落
嘴邊永遠帶著
甜蜜的微笑

一朵鮮花
從五十七年前的今天
欣欣
一路綻開過來

附注：畫家趙渭涼根據新娘婚照所作的油畫。

烹飪

炒來炒去
就是不夠味道

從冰箱裡
找出了一瓶
熬存多年的佐料
統統傾入

才一嘗
便滿眼淚水
辨不清
一生中經歷的
酸甜苦辣

鳥客

1

一大早被太太叫醒
說後門口有個不速之客

起來一看
原來是隻小金頂戴菊鳥
站在那裡對著屋內
東張西望

也許是因為天氣突然變冷
或不小心被透明的玻璃門撞昏了頭
這隻迷失的小鳥
正在尋找牠溫暖的窩

我用紙巾輕輕把牠抱起
放進一個塑膠盒子裡
給牠一小盆水
還有一小片麵包

只見牠微微搖了搖頭
突然張開雙翅
猛衝上白雲天空
卻碰到了白漆的天花板

回落到地板上
站在盒子邊沿
牠看著我
我看著牠
久久久久——

終於我把牠擺回門外
將門敞開
讓牠自行選擇

還沒等我想好是否該去買個鳥籠
或如何為牠寫首鳥詩
回頭一看
牠已不見了蹤影

2

我完全能理解
牠的選擇

房子再大
對有翅膀的牠來說
總是個牢籠

3

真想知道
牠有沒有找到
牠的母親
以及牠溫暖的窩

可惜我想不出什麼好辦法
把祝福傳給牠
但願牠能把信息
用尖啄寫在一片落葉上
讓風帶到我家的後門口
就在那天牠站立的地方

狼

狼來了
狼來了

喊了半天
就是不見狼的蹤影

等一等
那力竭聲嘶大聲吼叫的
不就是隻狼嗎

2020

這個年頭
你最好別
想一套
說一套
做一套

我們一眼便能看穿你
以完好的視力──
20／20

不是悼歌
——懷念吳開晉教授

他們告訴我
您已離開了這地球
到另一個世界
去開始一種永恆的生活
但我明明仍在心中
聽到您的笑聲看到您的笑容
當我攤開您厚重的論文著作
彷彿仍看到您站在講台上
對萬千學子諄諄教誨

但即使您真的已不在這人間
我想也不必過分哀傷為您寫悼歌
因為我記得一位教授寬慰的話

每個在世上度過豐實一生的人
都沒有什麼可遺憾的
你想貝多芬和莎士比亞在臨終時
會不快活嗎？

我依稀看到您正含笑加入
他們的行列

雨來了

雨來了
久旱的大地
張開雙臂雀躍歡呼

雨來了
氾濫成災備受折磨的大地
緊抱雙臂退縮驚呼

雨來了
雨又來了

隧道

不忍見人們氣喘呼呼
攀爬它的背脊

山
打開了一個
小小的
心門

蒙娜麗莎的微笑3

他們用鐳射及紅外線
在妳臉上
檢驗又檢驗
虛擬又虛擬
想從每一條笑紋裡
找出神祕微笑的來源

但我知道他們是在白費心機
再強烈的雷射及紅外線
都無法照射進妳心底
更不要說
虛擬妳真實的愛情

附注：〈中央社台北18日電〉最近故宮南院與羅浮宮同步展出「蒙娜麗莎：越界視野」，讓觀眾在虛擬世界裡與蒙娜麗莎親密接觸。作品利用雷射科技和紅外線成像，還原肉眼無法察覺的細節，解析達文西高超的繪畫記憶和創作工序，揭開讓眾人傾倒幾世紀的神祕微笑。（芝加哥《美中新聞》，2019.12.20）

2020年代

陰天

1

沉著臉
苦苦思量

哭呢
還是笑

2

沉著臉
苦思默想了一整個上午
還是拿不定主意

該嘩嘩大哭一場呢
或燦然一笑

文藝復興配偶

現在我知道為什麼
我被稱為文藝復興男人
原來我太太是個
文藝復興女人

她有個好婚姻
我相信
而她也忠於我
至少到目前
何況還生了兩個兒子

但說真心話
我會樂意拿文藝復興男人
這個花哨的頭銜
去交換一個
美麗可愛的女兒

附注：「文藝復興女人」在網絡上有各色各樣的定義，如「一個對許多
　　　事物有興趣及知識的女人」；「一個具有廣泛智力興趣並在藝術
　　　及科學領域都有成就的女人」等等。而根據一個叫「巴特而比」

網站上的一篇文章：「文藝復興女人是一個有好婚姻，忠於丈夫
並生下男孩子的女人」。

鶴立雞群

——給為信念而站起來的美國參議員密特‧羅姆尼

你站起來的時候
他們都面面相覷地坐著

你坐下來的時候
他們便紛紛
灰頭土臉地趴下

有一天當你躺下
歷史會把你這挺立的雄姿
變成一對翅膀
然後看著你
頭也不回地欣欣飛向
越來越明亮的
民主天空

幸運餅

正要咬下
送進嘴裡的一塊幸運餅
卻突然被心中湧起的幸運感
哽住

在這個世界
不是每個人都有飯吃
更不用說
飯後的甜點

春日冬眠

熬過了一個冰天雪地的冬天
我們巴望
陽光燦爛白雲舒展的藍天下
一個靈感奔湧的大自然藝術家
手上拿著調色板
從淺綠到深綠到萬紫千紅
把大地塗畫得心花怒放

枝頭蹦跳鳴唱的小鳥
上下追逐的松鼠
嘻嘻哈哈的小孩
都是些不請自來的
流動風景

沒想到就在這當兒
一隻不知從何處伸出來的魔手
用一幅佈滿蝙蝠翅膀的黑幕
把正要露面的春天美景
一下子封閉了起來

接著便是一連串的
封家封校封店封村封鎮封城封省封國
最後把張惶失措的人類
封入了一個噩夢連連
睡不是醒也不是的
春日冬眠

雙向公路

你有你的來處
我有我的去向
這人想看月出
那人想看日落
或者
你抬頭祈求你的上帝
他低頭同他的下帝寒暄

但只要大家遵守規則
不亂按喇叭不超速不越線
客車貨車大車小車藍車綠車白車黑車
都是點綴這世界的
移動風景

影子

戴著口罩站在岸邊
看橫臥水底沙上
那個被蔓延的災情
折磨得不成人樣的
自己影子
死力抗拒江水的拉扯
久久不肯離去

直到他猛然想起

今天是端午
是中國人袪病防災的節日
而自己是個詩人

瘟疫的日子

剪刀！石頭！布！

眼看自己的左右手
終於能自如地對玩
猜拳的遊戲
左右眼還能無師自通
互拋媚眼

這個被困在家裡
百無聊賴的小學生
終於高興得張開嘴巴
扯大嗓子
唱凱歌
給自己聽

合影

玩了一輩子的金錢女人權勢……
這真人秀的老玩手
此刻正神氣地捧著一本聖經
站在一座堂皇的教堂門口
玩起宗教來了

不是因為他信仰上帝
而是他知道
有一批受遮蓋的眼睛
正等著打開快門
為他手上倒捧著的那本聖經拍照
作為進入天堂的入場券

在鏡前

1

如果我是你
一定會張開嘴巴
哈哈笑出聲來

2

為了讓我們彼此都高興快活
下次見你
一定帶來微笑

3

沒有人願意
站在一個破鏡子前面
尋找自己

4

該有一面多維鏡子
照出時間的皺紋

5

原來對人吐舌頭
竟是這幅醜相
即使只是惡作劇

線上元極舞

面對熒幕
保持足夠的安全距離
甩了半天的手
還是甩不掉
被封家封村封城封國
密密封起來的烏煙瘴氣
即使沒戴口罩
口鼻都敞開

只好隨著音樂
學美師用妙手
從半空中抓下
一大把自遠古中原傳過來的
仙氣禪氣神氣
然後不徐不急地
把積累了大半年的悶氣苦氣烏氣
順著指尖
一點一滴排出體外

啊哈
好舒暢！

喂
是哪一位
沒把麥克風關掉？

2020年勞動節

1

一年一度的
勞動節
卻成為日復一日的
躁動節

2

在多月的辛勤勞動之後
這是個法定的
休息日子

在多月的無所事事之後
這是個非法定的
彷徨日子

這隻蝴蝶

背負著
開天闢地以來
最美麗的一幅傑作
在溫煦明亮的陽光下
從一朵花
飛向另一朵花

把這花花世界
營造成一個
免費的
流動美術館

猴

從天明到天黑
牠們用越拉越長的手臂
從一根樹枝
到另一根樹枝
把整座森林
盪成一個充滿單槓雙槓
甚至三槓的
免費健身房

這樣鍛鍊出來的身手
即使沒有仙石的孕育或菩提的點化
也必然成為
除魔降妖的高手

怪石仙頌
——給詩畫友項美靜

連怪石都能成仙
寫「怪石得仙」的妳
當然更能成仙

現在我們要做的
只是

拍案

讓妳手中的筆
從盤根錯節的打坐中驚醒過來
畫下一幅又一幅空靈的
水墨丹青

叫絕

皺紋

在一場綿長的拔河遊戲裡
這是你不如時間
那樣精力充沛經久不衰的
證據

愛情

從妳含情脈脈的眼神
以及溫馨愉快的笑容
我能清晰聽到
「我愛你」這三個字

即使你沒開口

蚯蚓

忙忙碌碌
不知道你們在地下經營的
是一個什麼樣的世界

或竟是一個沒有天災人禍的天堂
日日夜夜
赤裸著身體
與靈魂
在同土地親密做愛

一對老佳偶

用愛情的蜜汁
把彼此養得
快快活活白白胖胖

而為了不讓老伴嘗到
喪偶的悲痛
以及淒涼的孤單
雙方都暗下決心
絕不讓自己
先離開這世界

面具

1

不管雷打多響
電閃多亮
你都擺出一幅
無動於衷
正經八百的
模樣

真想猛然把你掀開
看躲在裡面
面紅耳赤
張口結舌的
醜相

2

他們用高度的想像力
塑造
我

他們理想中的
自己

其實你看到的
既不是
他們
更不是
我

迎牛年

把鼠年陰暗的
月
日
時
分
秒
串成長可及地的鞭炮
霹靂啪啦
燃放

策動新來的壯牛揚蹄
篤篤
帶領我們奔向光明

酒窩

金屬太僵
玻璃太脆
妳用溫情
融鑄成這兩個
閃閃發亮的美杯
掛在臉頰上
等不嗜酒卻善飲的他
過來同妳
一起斟滿生命的甜汁

乾杯！

它們都在那裡等妳

——給明理

知道妳喜愛
山谷
溪流
濕地
步道
香蒲、蓮花、蘆葦、水蘊草
山樹、小米園、青草與野鳥
森林的呼吸
沉默的綠蔭
雛鳥的輕啼
蟲聲唧唧
遠空高歌的鷹
山豬與飛鼠
湛藍的潭水
古老的故事
牆頭的彩繪雕塑藝術
豐收祭部落的歌舞
天真小孩的歡叫
歷盡滄桑老人的微笑

它們每天都在那裡
張開手
等著你

鞋

被喜歡流浪的腳
拖著到處跑
搞了個滿頭滿臉的爛泥巴

好不容易回到了家
卻被愛乾淨的腳
踢在玄關外

割草插曲

我喜歡運動，在麗日清風下
割草聞草香，是一種享受

今天早上，一個過路的年輕人
看到我在院子裡割草，便停下來問
要不要讓他割？

我打趣說：多少錢？
他說：就20元
我說：是你要給我的嗎？

小黃花

院子裡的這些小黃花
在微風中飄搖
不是為了引人注目
或討好
要你去點讚
更不是要你拿起剪刀
去拿它們裝飾
客廳裡的花瓶

明亮的陽光下
它們舞蹈
乃情不自禁
生命滔滔的喜悅
知道
短短的幾天
便是永恆

長衫

1

披上長衫
才發覺
自己原來是個紳士

現在的問題是
到哪裡去找
一位穿旗袍的淑女

2

披上長衫
便不自覺地抬頭挺胸
成了
穿旗袍甚至洋裝的窈窕淑女們
心目中好逑的
君子

微詩場

氣球

一串不再空洞的零
正冉冉上升
成為亮麗的風景

刊於：中國微型詩《域外風度》2020冬季刊

風

搖曳婆娑的椰影
在白雲深處
引他思鄉

刊於：中國微型詩《域外風度》2020春季刊

樹

我笑千百種笑當晨風吹過
我笑時渾身顫動
樂不自禁無法自持

刊於：中國微型詩《域外風度》2020冬季刊

秋

面對一片落葉
長髮的少年悄悄收起
流浪了一整個夏天的鞋

刊於：中國微型詩《域外風度》2020春季刊

冬

被凍住歌聲的鳥
飛走時
掀落了枝頭一片雪

刊於：中國微型詩《域外風度》2020春季刊

雪

雪上的腳印
總是越踩越深
越踩越不知所云

刊於：中國微型詩《域外風度》2020春季刊

淚

下著下著
在想家的臉上
竟成了亞熱帶滾燙的陣雨

刊於：中國微型詩《域外風度》2020春季刊

在風城

想家的孩子
猛然把乾澀的眼
張向母親噴沙的嘴

杯

性急地把滾燙的黑咖啡
灌進著火的
胃

破曉

一對鳥兒在枝頭做愛

搖落了一片
莫名其妙的葉子

壽命

當初上帝造人
本來要讓每人都活到一百歲
但那樣世界一定會很單調無聊

失智

我不相信你會不記得
我們共有的
那些充滿笑聲的美好日子

刊於：《中國微型詩》2020年總第63期；新時代詩歌大觀（云子主編，團結
　　出版社，2021）

髮

每天晨起
總有那麼一小撮
在腦後豎起叛旗

飯後甜點

正要吞下
卻被突來的幸運感哽住
這世上有人連一口飯都沒得吃

刊於：《中國微型詩》2020年總第63期；域外微型詩精選；新時代詩歌大觀
　　（云子主編，團結出版社，2021）；《微型詩》，2021第40期（總
　　295期）

鼓聲

毛茸茸的拳頭
一下下敲落在
悶得發慌的胸膛上

刊於：《中國微型詩》2020年總第63期；新時代詩歌大觀（云子主編，團結
　　出版社，2021）

時間老人

一聲不響地坐在那裡
等著看你的頭上
紛紛豎起白旗

蝴蝶

從一朵花飛到另一朵花
努力把這花花世界營造成
免費的流動美術館

笑渦

來
讓我們斟滿生命的美酒
乾杯

刊於：中國微型詩（2021夏季號）

面具

從這幅正經八百的模樣
我完全能看出
你張口結舌的窘相

刊於：中國微型詩（2021夏季號）

耳環

把自己裝扮成一個波浪鼓
叮咚搖響
天真浪漫的童年

刊於：中國微型詩（2021夏季號）

四面佛

在每一面
他都做了面面俱到的禱告
願她永遠幸福永遠幸福永遠

刊於：中國微型詩（2021夏季號）

曬被子

整夜在它下面翻來覆去
終於被陽光
曬成一首帶有夢香的詩

大雪

一夜之間
把個大地
刷得比粉牆還白

刊於：中國微型詩《域外風度》2021年秋季刊

明星詩人

攝影機軋軋掃過
他歡叫著張開雙臂倒下
從此熒光幕成了他的天空

聖誕節

在百貨公司排隊
等著爬上聖誕老人的膝蓋
問他上帝被賣到哪裡去了

刊於：中國微型詩《域外風度》2021年秋季刊

人類登陸月球

一腳踩下去
便驚動嫦娥再度出奔
向一個更神祕的星球

端午節

照例
一艘艘龍舟爭先恐後出去
一艘艘龍舟垂頭喪氣回來

煙火

微弱的星光下
仰羨的野花們看不見
煙消火滅後的悽寂

刊於：中國微型詩《域外風度》欄目 2021年秋季刊

春

捱過了漫漫嚴冬

包容萬物滋潤萬物的土地上
終於冒出了令人耳目一新的新新草類

明星世界

自編自導自演真人真事的肥皂劇
每天從世界各個角落
血淋淋搶著演給好萊塢看

九寨溝五彩池

簡簡單單的三種原色
卻調配出這麼多
亮麗燦爛的驚喜

給太太同熊貓寶寶拍照

我手忙腳亂調整鏡頭
希望在按下快門之前
牠還沒滑落地面或竟絕了種

轉經輪

風與水合力把一個個經輪
推撥得團團轉
苦心經營來世的風景

秋葉

頭一次出門遠足
每一張小臉
都興奮得紅一塊黃一塊

鄰居的盆花

鄰居老先生幾天前去世了
今早他們陽台上的盆花都垂下了頭
老太太想必沒聽早霜的夜間新聞

刊於：中國微型詩《域外風度》2021年冬季刊

踏雪

就是這雙不怕冷的腳

使昨夜那場大雪
沒有白下

湖

女媧留下的一個小碎片
教我們辨識
天空的本色

山

孤高絕俗
沒有東西能攀附
除了白雪

險灘湍流

每個笑都明亮
每支歌都歡快
每張嘴都在招喚——來吧！來呀！

野餐

這群飢腸轆轆張大嘴巴的難民
面對被烽火烤熟了的世界
就是找不到地方下口

向日葵

把眼睛睜得大大脖子伸得長長
它們到處尋覓
心中的太陽

輕重

你微微一笑
不是所有重的東西
都值得尊重

桃花盛開

根據心跳的速度
這桃花同交桃花運
顯然是同一回事

悼

突然斷了
線
喂！喂！在嗎？

人生

面對著一首逐漸成形的微型詩
他竟忘情地大叫
大笑

檢閱

最後的戰爭已結束
現在我們齊步邁向
最初

雨季

翻來覆去總是那幾句話
滴滴答答嘰嘰喳喳
閉嘴！

返鄉

一眼看到
鄉愁同它的新伙伴
蹲在家門口如一對石獅

入冬

夜裡什麼樣的一陣冷風
竟讓這早晨的許多眼球
不再左顧右盼

現代叢林

煙霧中眼睛看不到樹
樹上的鳥或天空
在這摩天大廈聳立的叢林

月出

笑盈盈迎向
從面紅耳赤的白晝
倉皇逃出的我

月落

耗盡了愛情
離去時猶頻頻回首
而床上的魯男子正鼾聲大作

面具

從這幅正經八百的模樣
我完全能看出
你張口結舌的窘相

刀與砧

沒有我們的砍砍殺殺
哪來的
大快朵頤

春

落地無聲的細雨
溫柔地
喚醒了大地

附錄
新詩創作年表與發表處所

鐵線蓮	創作時間：2012.7.11 發表處所：《圓桌詩刊》（37期，2012.9）；菲律賓華文《世界日報》文藝副刊（2014.2.15）；《笠詩刊》（307期，2015.6）；《三星堆文學》（2020.12）
靶心	創作時間：2012.7.23 發表處所：《新大陸詩刊》（132期，2012.10）；世界部落格；《中國日報》（2013.2.16）；《台灣時報》（2013.2.16）；《橄欖葉詩報》（5期，2013.6）；北美華人詩歌聯學會；《詩海潮》（總第9期，2017.7）
對決	創作時間：2012.8.4 發表處所：伊利諾州詩人協會網站（2012.8）；《秋水詩刊》（166期，2016.1）
乾旱季節	創作時間：2012.8.5 發表處所：《新大陸詩刊》（133期，2012.12）；現代詩選粹；《菲律賓世界日報》（2014.2.22）；世界部落格；灣區華人論壇；《詩生活》；《詩歌報》；《新加坡文協》；《詩中國》；詩詞在線；《美華文學》；澳洲長風論壇；緬甸新文學；《圓桌詩刊》（37期，2012.9）；《秋水詩刊》（169期，2016.10）；《詩海潮》（總第9期，2017.7）《上海詩人詩刊－趕馬人的背影》（2017.6）；紐西蘭《先驅報》（2018.5.10）
馬拉拉日	創作時間：2012.11.16 發表處所：《新大陸詩刊》（134期，2013.2）；澳洲長風論壇；《詩生活》（5期，2013.6）；《葡萄園》（197期，2013春季）；《僑報》（2013.1.15）；今天論壇；《詩海潮》（總第9期，2017.7）
鄰區守望	創作時間：2013.2.17 發表處所：非馬博客、臉書；文心社；酷我；《新加坡文協》；《詩中國》；《北美楓》；《詩生活》；《秋水詩刊》（169期，2016.10）；詩詞在線

開瓶	創作時間：2013.3.21 發表處所：《小說與詩》（第5期，2014.10）；非馬博客、臉書；《中外詩人詩刊》（第2期）
同麵包辯論	創作時間：2013.3.21 發表處所：《2013中國詩歌選》；《2014年台灣現代詩選》；《創世紀》（179期，2014.6）；文心社；部落格；《詩生活》；詩詞在線；世界部落格；非馬博客、臉書
幸運餅與農曆	創作時間：2013.8.20 發表處所：詩學雙語論壇；《僑報》（2013.9.1）；《詩歌月刊》（2015.3）
這隻小鳥	創作時間：2013.9.3 發表處所：中國小詩；《國際詩歌翻譯》季刊（總第104期，2021.11.8）；《非馬漢英雙語詩選》
有一種餓	創作時間：2013.9.13 發表處所：《華語詩人》大展（83）；《笠詩刊》（309期，2015.10）；《創世紀》（2018.1.14）；《黃河文藝》（2018第2期）
英石	創作時間：2013.11.2 發表處所：中國小詩；《詩歌月刊》（2015.3）；《笠詩刊》（309期，2015.10）；《菲律賓聯合日報·詩之葉》（2017.4.11）
富貴病社會	創作時間：2013.12.17 發表處所：北美華文作協（2014年第二期，3月號）；《乾坤詩刊》（70期，2014夏季號）；《馬尼拉聯合日報》（2017.7.4）；《詩海潮》（總第9期，2017.7）
曼德拉	創作時間：2013.12.18 發表處所：《乾坤詩刊》（70期，2014夏季號）；每月雙語一詩（2016.2）
夜宴	創作時間：2013.12.29 發表處所：《香港文學》（353期，2014.5）；文心社；《詩生活》；《詩中國》；灣區華人論壇；《笠詩刊》（309期，2015.10）；《新大陸詩刊》（161期，2017.8）；《上海詩人詩刊－趕馬人的背影》（2017.6）
詩畫世界	創作時間：2013.12.29 發表處所：《聯合副刊》（2014.3.12）；《新大陸詩刊》（141期，2014.4）；《世界副刊》（2014.4.26）；《香港文學》（353期，2014.5）；《馬尼拉聯合報·文藝副刊》（2014.11.13）；《黃河文藝》（2018第2期）；《三星堆文學》（2020.12）

風箏	創作時間：2014.1.18 發表處所：《乾坤詩刊》（70期，2014夏季號）；《橄欖葉詩報》（第七期，2014.6）；《馬尼拉聯合報·文藝副刊》（2014.12.4）；《詩歌月刊》（2015.3）；《詩海潮》（總第9期，2017.7）
雪	創作時間：2014.2.8 發表處所：《乾坤詩刊》（70期，2014夏季號）；《橄欖葉詩報》（第七期，2014.6）；《馬尼拉聯合日報·詩之葉》（2014.11.25）
獨家風景	創作時間：2014.2.19 發表處所：《馬尼拉聯合日報·詩之葉》（2014.9.16）
落葉	創作時間：2014.2.24 發表處所：《橄欖葉詩報》（第七期，2014.6）；《馬尼拉聯合報·文藝副刊》（2014.11.4）；《常青藤》詩刊（第20期，2015.3）；《詩歌月刊》（2015.3）；《詩海潮》（總第9期，2017.7）；管理團隊詩歌欣賞（第5期，清風詩學社，2018.7.6）
同時間辯論	創作時間：2014.2.28 發表處所：《馬尼拉聯合日報·詩之葉》（2014.5.14）；非馬博客、臉書；《聯合副刊》（2015.2.22）；台灣詩學《因小詩大》（2014.9）；《創世紀》（2018.1.14）
同天空辯論	創作時間：2014.3.3 發表處所：《馬尼拉聯合日報·詩之葉》（2014.12.12）；《聯合副刊》（2015.2.22）；台灣詩學《因小詩大》（2014.9）；《上海詩人詩刊－趕馬人的背影》（2017.6）
濕吻	創作時間：2014.3.15 發表處所：《馬尼拉聯合日報·詩之葉》（2014.7.22），非馬博客、臉書；《僑報》（2014.9.9）；《詩心靈》（第五卷，2015.6）；《秋水詩刊》（168期，2016.7）
運氣	創作時間：2014.3.18 發表處所：《馬尼拉聯合日報·詩之葉》（2014.5.14），《聯合副刊》（2014.11.5）；非馬博客、臉書；《詩心靈》（第五卷，2015.6）；引用在《國中橘子複習講義－國文（全）》（翰林出版事業股份有限公司，2020）
無名花之歌	創作時間：2014.3.29 發表處所：《馬尼拉聯合日報·詩之葉》（2014.6.24）；北美華文作協（2014.11）；非馬博客、臉書；文心社；《笠詩刊》（304期，2014.12）；《詩海潮》（總第9期，2017.7）；紐西蘭《先驅報》（2018.5.10）

霧霾	創作時間：2014.4.27 發表處所：《馬尼拉聯合日報・詩之葉》（2014.5.21）；非馬博客、臉書：文心社；《詩生活》；《文學四季》（2014夏季號）
蝴蝶	創作時間：2014.4.27 發表處所：《馬尼拉聯合日報・詩之葉》（2014.10.28）；中國小詩；灣區華人論壇；《非馬情詩選》電子書；《大江詩壇2014中國詩選》
同自己辯論	創作時間：2014.4.27 發表處所：《馬尼拉聯合日報・詩之葉》（2014.10.15）；《大江詩壇2014中國詩選》
煙囪	創作時間：2014.4.27 發表處所：《馬尼拉聯合日報・詩之葉》（2014.5.21）；非馬博客、臉書：文心社；《詩生活》；《文學四季》（2014夏季號）；《大江詩壇2014中國詩選》；《新大陸詩刊》（148期，2015.6）；中國小詩；《芝加哥時報》（2019.8.30）
鄉愁	創作時間：2014.4.27 發表處所：《馬尼拉聯合日報・詩之葉》（2014.10.15）；中國小詩；《文學四季》（2014夏季號）；《大江詩壇2014中國詩選》；《新大陸詩刊》（148期，2015.6）；台灣現代詩
圓	創作時間：2014.5.2 發表處所：菲律賓《世界日報》文藝副刊（2015.3.5）
賭城之戀	創作時間：2014.5.12 發表處所：《聯合副刊》（2014.12.23）；非馬博客、臉書；《世界副刊》（2015.2.4）；《創世紀》（182期，2015.3）
冰島之夜	創作時間：2014.7.9 發表處所：《聯合副刊》（2014.8.31）；《新大陸詩刊》（146期，2015.2）；詩學論壇；文心社；非馬博客、臉書；《詩生活》；《大江詩壇2014中國詩選》
靜物1	創作時間：2014.7.9 發表處所：《橄欖葉詩報》（第9期，2015.6）
時間容器	創作時間：2014.8.5 發表處所：《新大陸詩刊》（144期，2014.10）；《笠詩刊》（304期，2014.12）
我為什麼寫詩	創作時間：2014.8.30 發表處所：《僑報》（2014.9.8）；《環球華報・新詩潮》（2017.9.13）
光與影	創作時間：2014.9.22

孤單1	創作時間：2014.10.30 發表處所：《小說與詩》（6期，2015.1）；《新大陸詩刊》（156期，2016.10）
孤單2	創作時間：2014.11.7 發表處所：《小說與詩》（7期，2015.4.1）
日記	創作時間：2014.12.7 發表處所：《創世紀》（182期，2015.3）
同太陽辯論	創作時間：2014.12.11 發表處所：《休斯頓詩苑》（2期，2015.7）；《秋水詩刊》（173期，2017.10）；《黃河文藝》（2018第2期）
黑色的呼號	創作時間：2014.12.12
新年祈願	創作時間：2014.12.15
聽貝多芬的田園交響曲	創作時間：2015.1.2 發表處所：《休斯頓詩苑》（2期，2015.7）；《乾坤詩刊》（77期，2016春季號）
同鏡子辯論	創作時間：2015.1.5 發表處所：《休斯頓詩苑》（2期，2015.7）；《文訊》361期；《秋水詩刊》（168期，2016.7）；《詩殿堂》（第三期，2019.3.28）
無名而孤單	創作時間：2015.1.11 發表處所：《僑報》（2015.1.14）；《秋水詩刊》（163期，2015.5）；《芝加哥小夜曲》（2015）；《馬尼拉聯合日報·詩之葉》（2015.6.9）；《清風詩學社詩歌精選集萃》
同山峰辯論	創作時間：2015.1.19 發表處所：《秋水詩刊》（163期，2015.5）；《休斯頓詩苑》（2期，2015.7）；《馬尼拉聯合日報·詩之葉》（2015.9.15）
在凝凍的窗前	創作時間：2015.3.2 發表處所：《聯合副刊》（2015.7.8）；非馬博客、臉書；部落格；文心社；《世界副刊》（2015.8.20）；每日一詩電子報（2016.1.12）；《台灣詩選》（蕭蕭主編，二魚文化，2016.3.11）；《詩海潮》（總第6期，2016.10）
怪物	創作時間：2015.3.10 發表處所：《秋水詩刊》（164期，2015.8）
廣告	創作時間：2015.3.16 發表處所：《創世紀》（184期，2015.9）；今天論壇；每月雙語一詩（2016.12）

窗	創作時間：2015.4.2 發表處所：《秋水詩刊》（164期，2015.8）；《詩殿堂POETRY HALL》（創刊號，2018.9.1）
陰偶微雨	創作時間：2015.5.17 發表處所：《創世紀》（184期，2015.9）；《鴨綠江》（總822期，2020.08）
管道的白日夢	創作時間：2015.6.5 發表處所：《笠詩刊》（309期，2015.10）；《鴨綠江》（總822期，2020.08）
磁性	創作時間：2015.6.28 發表處所：《笠詩刊》（308期，2015.8）；《鴨綠江》（總822期，2020.08）
同月亮辯論	創作時間：2015.7.12 發表處所：《笠詩刊》（308期，2015.8）；《伊甸園》：非馬博客、臉書；文心社；人間四月天；Taiwan Modern Poetry；《上海詩人詩刊－趕馬人的背影》（2017.6）
同星星辯論	創作時間：2015.7.27 發表處所：《乾坤詩刊》（77期，2016春季號）；《青島詩刊》（2020第一期）
同鉛筆辯論	創作時間：2015.8.2 發表處所：《文訊》（361期，2015.11）；《三星堆文學》（2020.12）
主角	創作時間：2015.9.5 發表處所：《鴨綠江》（總822期，2020.08）
火與冰	創作時間：2015.9.5 發表處所：《聯合副刊》（2015.9.11）；台灣詩學；《秋水詩刊》（165期，2015.10）；八仙微詩社；《詩海潮》（總第9期，2017.7）；《鴨綠江》（總822期，2020.08）；《芝加哥時報》（2020.11.13）
塵歸塵土歸土	創作時間：2015.9.19 發表處所：《新大陸》詩雙月刊（151期，2015.12）；《北美楓》；《揚子江》（100期，2016第一期）；《芝加哥時報》（2020.11.20）
血月	創作時間：2015.9.27 發表處所：《聯合副刊》（2015.11.22）；台灣詩學；《新大陸詩刊》（151期，2015.12）；《北美楓》；《揚子江》（100期，2016第一期）

邂逅	創作時間：2015.10.11 發表處所：《中國風》（總第五期，2017.1）；《笠詩刊》（311期，2016.2）；《2016年台灣現代詩選》；北美華文作協；鳳凰詩社亞洲總社
當我的手指梳過你的頭髮	創作時間：2015.10.13 發表處所：《橄欖葉詩報》（第12-13期，2017.6）；《秋水詩刊》（173期，2017.10）
晚安	創作時間：2015.10.25 發表處所：《秋水詩刊》（172期，2017.7）
時間之外	創作時間：2015.11.12 發表處所：《新大陸詩刊》（153期，2016.4）；長衫詩人（2016年10月第二期）；《笠詩刊》（317期，2017.2）；《橄欖葉詩報》（第12-13期，2017.6）
向明	創作時間：2015.11.30 發表處所：《聯合副刊》（2016.2.1）；《聯合日報》每日一詩（2016.2.2）；《新大陸詩刊》（153期，2016.4）；《中國風》（總第五期，2017.1）；《休斯敦詩苑》（第四期，2017.1）
節日	創作時間：2015.12.7 發表處所：《新大陸詩刊》（153期，2016.4）；《橄欖葉詩報》（10-11期，2016.6）；《笠詩刊》（317期，2017.2）
家	創作時間：2016.1.2 發表處所：Atlanta Chinese News（2016.4.8）；《海星詩刊》（22期，2016.12）；HelloPoetry；Poem Hunter
留白	創作時間：2016.1.10 發表處所：《僑報》（2016.6.16）；《聯合副刊》（2016.7.4）；《世界副刊》（2016.7.27）；《芝加哥時報》（2020.12.4，2020.12.11）；《秋水詩刊》（第190期，2022.1）；原創短詩群（2016.1.11）
寫詩	創作時間：2016.1.17 發表處所：《新大陸詩刊》（154期，2016.6）；《笠詩刊》（312期，2016.4）；《橄欖葉詩報》（10-11期，2016.6）
生命的河流	創作時間：2016.1.22 發表處所：《僑報》（2016.6.16）；《笠詩刊》（312期，2016.4）
探春	創作時間：2016.2.2 發表處所：中國愛情詩學會；《台客詩刊》（第11期，2018.3）

靜物2	創作時間：2016.2.25 發表處所：長衫詩人（2016年10月第二期）；《乾坤詩刊》（80期，2016冬季號）；《芝加哥時報》（2020.12.25）
川普牆	創作時間：2016.2.29 發表處所：Atlanta Chinese News（2016.4.8）；《秋水詩刊》（168期，2016.7）；《芝加哥時報》（2021.1.1）
嬰啼	創作時間：2016.3.28 發表處所：《笠詩刊》（314期，2016.8）；《台灣詩選》（2016）；南一書局《高中國文閱讀吧》（2020）
晨間新聞1	創作時間：2016.4.7 發表處所：《笠詩刊》（314期，2016.8）
小草	創作時間：2016.6.1 發表處所：季之莎詩寫映像小棧；《新詩報》（第24期，2016.8.7）；《乾坤詩刊》（80期，2016冬季號）；【名家有約】聚力閱讀（2017.08.28）；《芝加哥時報》（2021.1.2；2021.1.8）
拳王阿里	創作時間：2016.6.4 發表處所：北美華文作家協會網刊（2016.8）；《聯合副刊》（2016.9.1）；《世界副刊》（2016.9.23）；《博風文學・詩民間》（2018.7.24）
鐵樹開花	創作時間：2016.6.14 發表處所：《中國風》（總第五期，2017.1）
從這裡開始	創作時間：2016.6.17 發表處所：《文訊》（374期，2016.12）
太湖	創作時間：2016.7.3 發表處所：《馬尼拉聯合日報・詩之葉》（2016.8.2）；《秋水詩刊》（170期，2017.1）；《給蠶—新詩報2016年度詩選》（2017.5）；《芝加哥時報》（2020.6.12）
曇花	創作時間：2016.7.30 發表處所：《海星詩刊》（22期，2016.12）；中華詩壇（微信）；《芝加哥時報》（2020.6.19）；《笠詩刊》（315期，2016.10）
友誼	創作時間：2016.8.8 發表處所：《笠詩刊》（315期，2016.10 & 344期，2021.8）；《詩夢楓樺》（32期，2020.8）；《芝加哥時報》（2020.6.26）；《北美華文作家協會　紀念專輯》（張鳳主編，2018.3）；《秋水詩刊》（175期，2018.4）

飛	創作時間：2016.8.27 發表處所：Atlanta Chinese News（2016.10.28）；《笠詩刊》（315期，2016.10）；《芝加哥時報》（2020.7.3）
單行道	創作時間：2016.8.31 發表處所：《聯合副刊》（2016.12.15）；聯合電子報每日一詩（2016.12.21）；《世界副刊》（2017.1.26）；《芝加哥時報》（2020.7.10）；《笠詩刊》（344期，2021.8）
蓋茨堡演說	創作時間：2016.10.27 發表處所：Atlanta Chinese News（2016.10.28）；《秋水詩刊》（170期，2017.1）；《芝加哥時報》（2020.7.24）
生日禮物	創作時間：2016.10.29
外灘的黃昏	創作時間：2016.11.16 發表處所：《秋水詩刊》（172期，2017.7）；《芝加哥時報》（2020.7.31）
在佛前	創作時間：2016.11.21 發表處所：《新大陸詩刊》（158期，2017.2）；《笠詩刊》（317期，2017.2）；非馬博客、臉書；《北美楓》；《中國詩鄉》（總第68期，2018.1）；《芝加哥時報》（2020.8.7）
時差3	創作時間：2016.11.26 發表處所：《新大陸詩刊》（158期，2017.2）；《芝加哥時報》（2020.8.14）；《非馬漢英雙語詩選》（2021）
時差4	創作時間：2016.11.26 發表處所：《中國詩鄉》（總第68期，2018.1）；《非馬漢英雙語詩選》（2021）
元旦	創作時間：2016.11.30 發表處所：新浪博客；今天論壇；《中國詩鄉》（總第68期，2018.1）；《芝加哥時報》（2020.8.21）
草原	創作時間：2016.12.7 發表處所：《聯合副刊》（2017.1.31）；《世界副刊》（2017.3.31）；《芝加哥時報》（2020.9.11）
火山	創作時間：2016.12.8 發表處所：《創世紀》（198期，2019.3）；《芝加哥時報》（2020.9.18；2020.9.25）；《新大陸詩刊》（176期，2020.2）；《詩夢楓樺》（第31期，2020.7）

全球暖化 怎麼了	創作時間：2016.12.12 發表處所：《新大陸詩刊》（176期，2020.2）；《詩夢楓樺》（第31期， 2020.7）；《笠詩刊》（319期，2017.6）；《芝加哥時報》 （2020.10.2；2020.10.16）
難民之歌	創作時間：2016.12.15 發表處所：《秋水詩刊》（171期，2017.4）；非馬博客、臉書；文心社； 灣區華人論壇；澳洲；半卷書；今天論壇；部落格；《黃河文 藝》（2018第2期）；《芝加哥時報》（2020.10.23）
雪頌	創作時間：2016.12.16 發表處所：《芝加哥時報》（2020.10.30）
瀑布	創作時間：2016.12.29 發表處所：《九彎十八拐》（第72期，2017.3.1）
醒來	創作時間：2016.12.30
蒙娜麗莎 的微笑2	創作時間：2017.1.1 發表處所：《九彎十八拐》（第72期，2017.3.1）；《橄欖葉詩報》（第 14-16期，2018.12）
世界盡頭	創作時間：2017.1.20 發表處所：《九彎十八拐》（第72期，2017.3.1）
贏不起的人	創作時間：2017.1.25 發表處所：非馬博客、臉書；微信；文心社；部落格；Hello Poetry；台灣 詩學
籠鳥1	創作時間：2017.1.26 發表處所：《香港詩人》（第16期，2017年春季號）
籠鳥2	創作時間：2017.1.29 發表處所：《香港詩人》（第16期，2017年春季號）
良藥	創作時間：2017.2.1
元宵	創作時間：2017.2.8
失眠	創作時間：2017.3.4 發表處所：《秋水詩刊》（171期，2017.4）；非馬博客、臉書；文心社； 灣區華人論壇；澳洲；半卷書；今天論壇；部落格
甜圈餅	創作時間：2017.2.24 發表處所：《新大陸詩刊》（159期，2017.4）；《笠詩刊》（318期， 2017.4）；《三星堆文學》（2018年第3期）；非馬博客、臉 書；微信

流浪漢	創作時間：2017.3.27 發表處所：《笠詩刊》（318期，2017.4）；鳳凰詩社亞洲總社
晨曲	創作時間：2017.3.19 發表處所：《新大陸詩刊》（161期，2017.8）
今年的頭一朵 蒲公英	創作時間：2017.4.8 發表處所：《三星堆文學》（2018年第3期）；非馬博客、臉書；微信
我們之間	創作時間：2017.4.12 發表處所：《笠詩刊》（323期，2018.2）
約會	創作時間：2017.5.12 發表處所：《笠詩刊》（319期，2017.6）；非馬博客、臉書；微信
母親節快樂	創作時間：2017.5.22 發表處所：《聯合副刊》（2017.8.9）
風與愛	創作時間：2017.6.10 發表處所：《聯合副刊》（2017.10.3）；《世界副刊》（2017.10.17）
雷陣雨	創作時間：2017.7.11 發表處所：非馬博客、臉書
一串葡萄	創作時間：2017.7.23 發表處所：《笠詩刊》（331期，2019.6）
起飛的姿勢	創作時間：2017.7.24
門	創作時間：2017.7.27 發表處所：《笠詩刊》（331期，2019.6）
非時裝表演	創作時間：2017.8.7
河流穿過	創作時間：2017.8.19
大地之歌	創作時間：2017.8.19 發表處所：《笠詩刊》（322期，2017.12）；紐西蘭《先驅報》（2018.5.10）；非馬博客、臉書；微信
白花蝴蝶蘭	創作時間：2017.8.19 發表處所：《百花詩集—特色花卉篇》（王志誠主編，遠景，台中市政府文化局，2018.6）；《文化台中》（35期，台中副刊百花詩集2019.3.29）
晨間新聞2	創作時間：2017.10.12 發表處所：《笠詩刊》（322期，2017.12）；非馬博客、臉書；微信
照相	創作時間：2017.10.14 發表處所：《2017年國際華文微詩選粹》（2018.4），非馬博客、臉書；微信

蛇	創作時間：2017.11.8 發表處所：《九彎十八拐》（第七十七期，2018.1.1）
爺爺，請坐	創作時間：2017.11.13 發表處所：《聯合副刊》（2018.3.11）；《世界副刊》（2018.5.16）； 《僑報》（2018.12.23）
秋風起	創作時間：2017.11.25 發表處所：《秋水詩刊》（175期，2018.4）；非馬博客、臉書；微信； 《當代經典詩歌》（陳亮主編，中國文化出版社，2019.4）
晚秋	創作時間：2017.12.10 發表處所：《秋水詩刊》（175期，2018.4）；紐西蘭《先驅報》 （2018.5.10）；《清風詩學社詩歌精選集萃》詩刊入選作品展 （2018.6.21）；非馬博客、臉書；微信
夏天	創作時間：2017.12.11 發表處所：《2017年國際華文微詩選粹》（2018.4）
向日葵	創作時間：2017.12.11
冬柳	創作時間：2018.1.4 發表處所：《乾坤詩刊》（86期，2018夏季號）；《新大陸詩刊》（165 期，2018.4）；非馬博客、臉書；微信
能量守恆定律	創作時間：2018.1.26 發表處所：Atlanta Chinese News（2018.2.23）；非馬博客、臉書；微 信；文心社；灣區華人論壇；《伊甸園》；澳洲；部落格
佛州槍擊	創作時間：2018.2.17 發表處所：Atlanta Chinese News（2018.2.23）；非馬博客、臉書；微 信；文心社；灣區華人論壇；《伊甸園》；澳洲；部落格
冬天的太陽	創作時間：2018.2.18 發表處所：《新大陸詩刊》（166期，2018.6）；非馬博客、臉書；微信
冰柱	創作時間：2018.2.19 發表處所：《新大陸詩刊》（166期，2018.6）；非馬博客、臉書；微信
晨霧	創作時間：2018.2.27 發表處所：《笠詩刊》（325期，2018.6）；非馬博客、臉書；微信
為我們的生命 遊行	創作時間：2018.3.24 發表處所：《芝加哥時報》（2018.3.30）；珠海龍律成作曲並演唱
華登湖	創作時間：2018.4.5 發表處所：《笠詩刊》（325期，2018.6）；《影響者》創刊號（2018. 6）；非馬博客、臉書；微信

政客	創作時間：2018.4.23 發表處所：《聯合副刊》（2018.7.23）；每日一詩（2018.7.26）；非馬臉書
鳥譯器	創作時間：2018.4.26 發表處所：《影響者》創刊號（2018.6）；《笠詩刊》（326期，2018.8）
柑橘	創作時間：2018.5.20 發表處所：《笠詩刊》（326期，2018.8）
晨雨	創作時間：2018.6.17 發表處所：《文學鳳凰作家網月刊》（第四期，2018.7.11）；《秋水詩刊》（178期，2019.1）
夏令營	創作時間：2018.6.20
畫像	創作時間：2018.7.7 發表處所：《秋水詩刊》（178期，2019.1）
放生	創作時間：2018.7.7 發表處所：《笠詩刊》（328期，2018.12）
陽光普照	創作時間：2018.7.21 發表處所：《新大陸詩刊》（169期，2018.12）
詩之國	創作時間：2018.7.24 發表處所：《笠詩刊》（328期，2018.12）
影子	創作時間：2018.8.26 發表處所：Arizona Chinese News（2018.11.2）；《秋水詩刊》（179期，2019.4）
微笑	創作時間：2018.10.4 發表處所：《詩殿堂》（第三期，2019.3.28）
美國宰恩國家公園	創作時間：2018.10.7 發表處所：《詩殿堂》（第三期，2019.3.28）；《秋水詩刊》（179期，2019.4）
老頑童	創作時間：2018.10.17 發表處所：《橄欖葉詩報》（17-18期，2019.12）；《笠詩刊》（335期，2020.2）；《中外詩人詩刊》（第7期）
晨妝	創作時間：2018.10.21 發表處所：《笠詩刊》（338期，2020.8）
電話	創作時間：2018.10.27 發表處所：《笠詩刊》（329期，2019.2）

放風箏	創作時間：2018.10.28 發表處所：《笠詩刊》（338期，2020.8）
中色透明	創作時間：2018.10.29 發表處所：《新大陸詩刊》（171期，2019.4）；《芝加哥時報》（2021.5.14）
每陣風都是一首詩	創作時間：2018.11.2 發表處所：大華商報文苑詩壇（2019.1.5）；《笠詩刊》（329期，2019.2）；《創世紀》（198期，2019.3）；《非馬漢英雙語詩選》（2021）
咕咕咕—	創作時間：2018.11.3
耳鳴交響曲	創作時間：2018.11.9
霧晨	創作時間：2018.11.14 發表處所：《笠詩刊》（329期，2019.2）；《新大陸詩刊》（171期，2019.4）；《詩夢楓樺》（18期，2019年6月）
哀悼總統	創作時間：2018.12.3 發表處所：《新大陸詩刊》（171期，2019.4）；《非馬漢英雙語詩選》（2021）
晨光下的河流	創作時間：2018.12.12 發表處所：《非馬漢英雙語詩選》（2021）
走天走宇	創作時間：2018.12.15
牛郎織女	創作時間：2018.12.21 發表處所：《世界副刊》（2019.3.14）；《新大陸詩刊》（180期，2020.10）
冰雪頌	創作時間：2019.1.21 發表處所：《世界副刊》（2019.2.18）
情人節	創作時間：2019.2.11 發表處所：《中國詩歌周刊》（2019.7.1）；《秋水詩刊》（182期，2020.1）；【非馬特約·名人作品展】；《世界華語詩歌精選2020》（華詩會，2021.2）
冰樹	創作時間：2019.2.13 發表處所：《秋水詩刊》（182期，2020.1）
捉迷藏	創作時間：2019.2.26 發表處所：《秋水詩刊》（180期，2019.7）
腳印	創作時間：2019.4.3 發表處所：《秋水詩刊》（180期，2019.7）

小難民	創作時間：2019.4.18 發表處所：《新大陸詩刊》（173期，2019.8）；《秋水詩刊》（190期，2022.1）
櫻花季	創作時間：2019.4.20 發表處所：《新大陸詩刊》（173期，2019.8）；《笠詩刊》（332期，2019.8）
自閉	創作時間：2019.5.1 發表處所：《笠詩刊》（332期，2019.8）；【重磅｜中國十家詩選大展（九）】
永鮮麵包	創作時間：2019.5.5 發表處所：《芝加哥時報》（2019.10.11）；《聯合副刊》（2019.9.8）；《新大陸詩刊》（174期，2019.10）
紅知更鳥	創作時間：2019.6.4 發表處所：《中國詩歌周刊》（2019.7.1）
宇宙黑洞	創作時間：2019.6.4 發表處所：《秋水詩刊》（181期，2019.10）
機器人工會	創作時間：2019.6.10 發表處所：《秋水詩刊》（181期，2019.10）；《芝加哥時報》（2019.9.20）
超速	創作時間：2019.8.5 發表處所：《新大陸詩刊》（174期，2019.10）
水災	創作時間：2019.8.10 發表處所：《芝加哥時報》（2019.9.13）；《中國詩歌2020年度精選作品集》
土霸王	創作時間：2019.8.19 發表處所：《芝加哥時報》（2019.9.6；2020.8.28）；《聯合副刊》（2020.2.10）
元極舞	創作時間：2019.8.23 發表處所：《笠詩刊》（333期，2019.10）；《青島詩刊》（2020第一期）
亞馬遜大火	創作時間：2019.8.26 發表處所：《芝加哥時報》（2019.8.30）
四顆藍鳥蛋	創作時間：2019.8.26 發表處所：《笠詩刊》（339期，2020.10）
機器檢測人	創作時間：2019.8.31 發表處所：《笠詩刊》（333期，2019.10）

耳鳴	創作時間：2019.9.1
樹林	創作時間：2019.9.14 發表處所：《秋水詩刊》（183期，2020.4）；非馬博客、臉書；微信
油畫新娘	創作時間：2019.9.22 發表處所：《秋水詩刊》（184期，2020.7）
烹飪	創作時間：2019.9.30 發表處所：《秋水詩刊》（183期，2020.4）；非馬博客、臉書；微信；笑漁選詩－海外華人版（2020.9.15）
鳥客	創作時間：2019.10.11 發表處所：《乾坤詩刊》（93期，2020春季號）
狼	創作時間：2019.11.2 發表處所：《笠詩刊》（224期，2019.12）
2020	創作時間：2019.11.12 發表處所：《芝加哥時報》（2019.12.27）；《笠詩刊》（224期，2019.12）
雨來了	創作時間：2019.11.13 發表處所：《笠詩刊》（339期，2020.10）
不是悼歌	創作時間：2019.11.18 發表處所：《山東大學報》專版（2020.1.8第二期，總2162期）；《新大陸詩刊》（180期，2020.10）；《世界華語詩歌精選2020》（華詩會，2021.2）
隧道	創作時間：2019.11.20 發表處所：《新大陸詩刊》（177期，2020.4）；非馬博客、臉書；微信；《世界華語詩歌精選2020》（華詩會，2021.2）
蒙娜麗莎的微笑3	創作時間：2019.11.27 發表處所：《笠詩刊》（336期，2020.4）
陰天	創作時間：2020.1.5 發表處所：《笠詩刊》（336期，2020.4）；《中外詩人詩刊》第13期
文藝復興配偶	創作時間：2020.2.7 發表處所：《新大陸詩刊》（177期，2020.4）；非馬博客、臉書；微信
鶴立雞群	創作時間：2020.2.16 發表處所：《秋水詩刊》（184期，2020.7）
幸運餅	創作時間：2020.2.25 發表處所：《新大陸詩刊》（2020.8頭條）；《加拿大海外作家協會海外詩人2020詩歌精選》

雙向公路	創作時間：2020.2.26 發表處所：《笠詩刊》（337期，2020.6）；《世界華語詩歌精選2020》 （華詩會，2021.2）
春日冬眠	創作時間：2020.3.22 發表處所：《秋水詩刊》（186期，2021.1）
影子	創作時間：2020.5.9
瘟疫的日子	創作時間：2020.5.9 發表處所：《笠詩刊》（337期，2020.6）
合影	創作時間：2020.6.2 發表處所：《秋水詩刊》（185期，2020.10）
在鏡前	創作時間：2020.6.20 發表處所：《秋水詩刊》（185期，2020.10）；《非馬漢英雙語詩選》 （2021）；《世界華語詩歌精選2020》（華詩會，2021.2）
線上元極舞	創作時間：2020.7.11
2020年 勞動節	創作時間：2020.8.24 發表處所：《秋水詩刊》（188期，2021.7）
這隻蝴蝶	創作時間：2020.8.24 發表處所：《非馬漢英雙語詩選》（2021）
猴	創作時間：2020.8.29 發表處所：《秋水詩刊》（188期，2021.7）
怪石仙頌	創作時間：2020.8.29
皺紋	創作時間：2020.10.16 發表處所：《笠詩刊》（340期，2020.12）；《新大陸詩刊》（185期， 2021.8）
愛情	創作時間：2020.10.17 發表處所：《笠詩刊》（340期，2020.12）
蚯蚓	創作時間：2020.10.17 發表處所：《笠詩刊》（340期，2020.12）
一對老佳偶	創作時間：2020.12.9
面具	創作時間：2020.12.10 發表處所：《笠詩刊》（342期，2021.4）
迎牛年	創作時間：2020.12.25 發表處所：《秋水詩刊》（187期，2021.4）
酒窩	創作時間：2021.1.25 發表處所：《笠詩刊》（342期，2021.4）

它們都在那裡等妳	創作時間：2021.3.27 發表處所：《新大陸詩刊》（185期，2021.8）
鞋	創作時間：2021.3.27
割草插曲	創作時間：2021.5.11 發表處所：《秋水詩刊》（189期，2021.10）
小黃花	創作時間：2021.6.28 發表處所：《秋水詩刊》（189期，2021.10）
長衫	創作時間：2021.6.6

附錄
非馬著作

中文詩集

- 《在風城》IN THE WINDY CITY（中英對照），笠詩刊社，台北，1975。
- 《非馬詩選》，台灣商務印書館「人人文庫」，台北，1983。
- 《白馬集》，時報出版公司，台北，1984。
- 《非馬集》，三聯書店「海外文叢」，香港，1984。
- 《篤篤有聲的馬蹄》，笠詩刊社「台灣詩人選集」，台北，1986。
- 《路》，爾雅出版社，台北，1986。
- 《非馬短詩精選》，海峽文藝出版社，福州，1990。
- 《飛吧！精靈》，晨星出版社，台中，1992。
- 《非馬自選集》，貴州人民出版社「中國當代詩叢」，1993。
- 《微雕世界》，台中市立文化中心，台中，1998。
- 《非馬詩歌藝術》（楊宗澤編選），作家出版社，北京，1999。
- 《沒有非結不可的果》，書林出版公司，台北，2000。
- 《非馬的詩》，花城出版社，廣州，2000。
- 《非馬短詩選》（中英對照），銀河出版社，香港，2003。
- 《非馬集》（莫渝編），國立臺灣文學館，台南，2009。
- 《你是那風》《非馬新詩自選集》第一卷（1950-1979），秀威資訊，台北，2011。
- 《夢之圖案》《非馬新詩自選集》第二卷（1980-1989），秀威資訊，台北，2011。
- 《蚱蜢世界》《非馬新詩自選集》第三卷（1990-1999），秀威資訊，台北，2012。
- 《日光圍巾》《非馬新詩自選集》第四卷（2000-2012），秀威資訊，台北，2012。

英文詩集

· AUTUMN WINDOW（《秋窗》），ARBOR HILL PRESS，Chicago，1995（1st Ed.）；1996（2nd Ed.）。
· BETWEEN HEAVEN AND EARTH（《在天地之間》），PublishAmerica, Baltimore，2010。

多語詩選（Multi-languages Poetry Anthologies）

· 《非馬情詩選》（Collected Love Poems by William Marr, Chinese / English, eBook），漢英，電子書，華語文學網，2014。
· 《你我之歌》（CHANSONS POUR TOI ET MOI），非馬漢法雙語詩選，薩拉西（Athanase Vantchev de Thracy）譯，法國索倫扎拉文化學院（The Cultural Institute of Solenzara）出版，2014。
· 《芝加哥小夜曲》，非馬漢英法三語詩選，（Chicago Serenade, Chinese / English / French），薩拉西（Athanase Vantchev de Thracy）法譯，法國索倫扎拉文化學院（The Cultural Institute of Solenzara, Paris）出版，2015。
· 《塞尚的靜物及其它的詩》（Cezanne＇s Still Life and other poems, English / Italian），英意雙語詩選，肯皮西意譯（Italian translator: Giovanni Campisi，意大利宇宙出版社出版（Edizioni Universum），2018。
· 《畫像及其它的詩》（Portrait and Other Poems, English / Italian），英意雙語詩選，肯皮西意譯（Italian translator: Giovanni Campisi，意大利宇宙出版社出版（Edizioni Universum），2019。
· 《非馬漢英雙語詩選》（Selected Chinese / English Poems of William Marr），The Earth Culture Press（環球文化出版社），2021。
· 《無夢之夜A DREAMLESS NIGHT》非馬中英詩選粹，芝加哥學術出版社，2021。
· 《天天天藍EVERYDAY A BLUE SKY》Humorous and Satirical Poetry of William Marr，非馬幽默諷刺詩選，華盛頓作家出版社（Washington Writers Press），2021。

合集

- ·《四人集》（合集），中國友誼出版公司，北京，1985。
- ·《四國六人詩選》（合集），華文出版公司，中國，1992。
- ·《宇宙中的綠洲——12人自選詩集》，國際文化出版公司，北京，1996。
- ·《色彩之上》（笑虹詩／梅丹理譯／非馬畫），易文出版社，2021。
- ·《穿越時空——非馬師徒12詩家》，冰花／笑虹主編，華盛頓作家出版社，2022.1。

散文

- ·《凡心動了》，花城出版社，廣州，2005。
- ·《不為死貓寫悼歌》，秀威資訊，台北，2011。
- ·《大肩膀城市芝加哥》，秀威資訊，台北，2014.12.27。

英譯中（English to Chinese）

- ·《裴外的詩》大舞臺書苑，高雄，1978。
- ·《頭巾—南非文學選》（合集），名流出版社，「世界文庫」，台北，1987。
- ·《緊急需要你的笑》（幽默文集），晨星出版社，台中，1991。
- ·《織禪》（禪的小故事），晨星出版社，台中，1992。
- ·《讓盛宴開始——我喜愛的英文詩》（英漢對照），書林出版公司，台北，1999。
- ·《比白天更白天》（法漢對照），索倫扎拉文化學院，The cultural institute of solenzara，巴黎，2014。

中譯英（Chinese to English）

- CHANSONS（白萩詩集《香頌》），巨人出版社，台北，1972；石頭出版社，台北，1991。
- THE BAMBOO HAT（笠詩選），笠詩刊社，台北，1973。
- SONGS OF MY OWN（李青淞詩集《隱行者：我之歌》），作家出版社，北京，2015.9。
- SUMMER SONGS（林明理詩集《夏之吟》），法國索倫扎拉文化學院，The Cultural Institute of Solenzara，巴黎，2015。
- 李青松詩集《我之歌——在誕生與涅槃之間的精神史》（漢英法三語），The Cultural Institute of Solenzara，巴黎，2017。
- LISTEN（林明理詩集《諦聽》），文史哲出版社，台北，2018。
- VOICE OF THE WILLDERNESS（林明理詩集《原野之聲》），文史哲出版社，台北，2019。

主編

- 《臺灣現代詩四十家》，FORTY CONTEMPORARY POETS FROM TAIWAN，人民文學出版社，北京，1989。
- 《朦朧詩選》，ANTHOLOGY OF MISTY POEMS，新地出版社，台北，1988。
- 《顧城詩集》，新地出版社，台北，1988。
- 《愛的辯證——洛夫選集》，文藝風出版社，香港，1988。
- 《臺灣現代詩選》，CONTEMPORARY POETRY FROM TAIWAN，文藝風出版社，香港，1991。
- 《臺灣詩選》花城出版社，廣州，1991。

其它

· 《改變一生的一句話（一）》，圓神出版社，台北，2002。

· 《非馬詩創造》劉強著，中國文聯出版社，北京，2001。

· 《非馬及其現代詩研究》，江慧娟碩士論文，高雄師大，2004。

· 《非馬飛嗎──非馬現代詩研討會論文集》，鄭萬發選編，長征出版社，北京，2004。

· 《畫家畫話》（畫文：涂志偉，詩：非馬），新大陸詩刊社，洛杉磯，2006。

· 《非馬藝術世界》（漢英），唐玲玲／周偉民編著，花城出版社，廣州，2010。

· 《非馬詩天地》劉強著，新世紀美學，台北，2017.2。

· 《非馬雙語短詩鑒賞》張智中著，天津大學出版社，2018.11。

· 《醉漢──非馬詩選》，洪君植／姜梅花韓譯，新世紀出版社，2021。

· 《非馬藝術世界》（繁體漢英），唐玲玲／周偉民編著，李詩信責編，華盛頓作家出版社，2022.1。

附錄

比現代更現代，比寫實更寫實

──試談非馬詩歌藝術追求與思想內涵

何與懷

　　非常有幸，由於參加一些國際文學會議，很多年前就結識了非馬先生這位享譽世界華語文壇的「業餘」詩人。私底下，我們不時電郵往來，通常是他傳來詩作讓我欣賞，我則傳去文章向他請教。記得相處最密集的是2008年3月那次。他與夫人應邀一起到悉尼訪問，立時掀起一陣旋風。應文友們要求，我在《澳華新文苑》刊發了一期「非馬專輯」，並與澳洲酒井園詩社以及「彩虹鸚」網站一起舉辦了幾場座談會、聚餐會，以歡迎他們的光臨。其情其景正如悉尼詩詞協會會長喬尚明以金　劉著〈月夜泛舟〉、清　姚鼐〈金陵曉發〉、宋　王沂孫〈高揚台──和周草窗寄越中諸友韻〉，以及唐　高適〈別董大〉各詩集句所描畫：

> 浮世渾如出岫雲，風煙漠漠棹還聞。
> 如今處處生芳草，天下無人不識君。

　　多年結交證實，這位「天下無人不識」稱為「非馬」的詩人，的確，此馬非凡馬。這是一匹長途奔馳而壯心不已的駿馬。早在1978年，他在〈馬年〉一詩曾經這樣寫道：

任塵沙滾滾
強勁的
馬蹄
永遠邁在
前頭

一個馬年
總要扎扎實實
踹它
三百六十五個
篤篤

　　這是自信，也是自許，更是自勵。風入四蹄輕，現在又過了
幾十年，來自太平洋彼岸的篤篤馬蹄聲，總是不絕於耳，總是在
我們心房迴響。

一　反逆思考：非馬詩作的重要特色

　　最初看到「非馬」的名字──好像是三十多年前了，總之是
認識非馬本人之前許多年，首先進入我腦海裡的自然是「白馬非
馬」這個典故，是戰國末年名辯學派的著名邏輯學家和哲學家公
孫龍和他的著名哲學論文〈白馬論〉。我自然想到「白馬非馬」
那個眾多哲學家特別是先秦哲學家探討和爭論不休的問題。

　　繼而我又知道非馬這位詩人是一位高尖端核工博士。他在台北工專畢業後，於1961年赴美國留學，先後獲得馬開大學機械碩士與威斯康辛大學核能工程博士學位，畢業後在美國能源部屬下的阿岡國家研究所從事能源研究工作多年。

　　因此，我一直最感興趣的是：曾經嚴謹而又長期科學工程訓練的這位詩人與眾不同之處何在？

　　的確，正如許多論者所言，對於許多詩人與詩論家來說是尖銳對立的詩與科學，在非馬那裡卻得到了和諧與統一；文字簡潔，旋律短促，是非馬詩句的特徵，十足表現科學家的乾淨俐落，一就是一，二就是二；他以對科學無窮的探求的姿態寫詩。他的詩既發揚優秀的中華文化傳統又結合現代文學的先進的表現手法和批判精神，用凝煉濃縮的語言營造驚奇的意象，表達具有多重內涵和象徵的內容；他不但對社會人生熱切關懷而且以冷靜的哲理思考見長；而且兩者相得益彰；人們特別用一個常常形容科學家思考方式的詞來評論他的一些詩作：「反逆思考」。

　　試看非馬寫於1976年的〈共傘〉這首詩一個片段：

　　　　共用一把傘
　　　　才發覺彼此的差距

　　　　但這樣我俯身吻妳
　　　　因妳努力踮起腳尖
　　　　而倍感欣喜

　　短短五行，三十四個字，卻句中有餘味、篇中有餘意，塑造了一個饒有趣味而耐人尋味的意境。這種藝術魅力除了取材立意外應歸功於「先抑後揚」的突轉結構法。戀人無意中發現「差距」，有些掃興；但當讀者正要順此思路往下走時，突然出了戲劇性的變化。由於「差距」，一人低頭俯就，另一人踮腳趨迎，愛情經過「差距」的驗煉而愈顯純真，自然使人得到一種特殊的審美愉悅而「倍感欣喜」。這就是非馬的「反逆思考」，先將讀者的思路引向與主旨相反的方向，然後突然扭轉到詩人力圖表達的正確的方向上來，因而獲取新奇獨特、深刻有力的效果。

　　這種手段在〈鳥籠〉一詩中用得最為精彩：

　　　　　打開
　　　　　鳥籠的
　　　　　門
　　　　　讓鳥飛

　　　　　走

　　　　　把自由
　　　　　還給
　　　　　鳥
　　　　　籠

　　誰讀了此詩都會極其驚奇和感嘆。採用籠中鳥以喻失去自由是一個相當古老而平常的意象，但在非馬看來，把鳥籠打開，讓

鳥飛走，這不僅是把自由還給鳥，更是把自由還給鳥籠。詩人怎麼想到強調後者，而且這麼強烈?!這真是畫龍點睛的驚人的神來之筆！這樣寓意不凡的「反逆思考」，真讓人叫絕。

　　這就開拓了審美與思考的另一空間。這是一種雙向的冷靜的審視。在一般人的眼裡，「鳥籠」是自由的、主動的、掌握別人命運的。但現在非馬告訴我們，這種想法是淺薄的。事物是相輔相成、相互鏈接又互相制約的動態系統，而不是絕對單一固定、不與他者發生任何關係的存在物。鳥被關在鳥籠，鳥固然失去了自由，鳥籠也失去了自在的自由，不自由是雙方的。許多論者都指出，以此哲理來審視人生現象，便會因詩人新奇的想像的觸發而引起多重的聯想。可以把「鳥籠」和「鳥」的形象看作哲學上的代號，象徵兩個互為依存互為對立的事物，並盡可以見仁見智，將它們解讀為諸如靈與肉、理智與感情、個體與群體、自由與奴役、社會與個人、人的社會─歷史性與人的自足的本性、人類社會與自然宇宙……等等相反相成的概念。的確，順著這個思路，人們其實可以恍然大悟：當社會中的某一層次、某一部門、某一領域的人自覺或非自覺地擔負起監視、限制、管教另一層次、另一領域內的人時，實際上他們也走上了自身的異化，他們同時也失去了本身應得的自由。特別是，在政治領域，非常清楚，禁錮的施加者在鉗制他人的過程中，其實自己也往往陷入無形的囚籠；唯有鬆解禁錮，還他人自由，禁錮者也才能走出自囚的牢籠。沒有自由便沒有和諧──這是起碼的真理。

　　非馬詩歌意象簡練，卻又內涵深廣豐富，決定了人們對其詮釋和演繹的多元化，〈鳥籠〉一詩是一個最好的標本。這首傑作寫於1973年3月17日，在台灣《笠》詩刊第55期（同年6月15日出

版）發表後，在台灣引起轟動，後來還入選台灣東吳大學中文系
編注的《國文選》。此詩一直是海內外論者品評非馬作品的一個
重點，被看成是「反逆思考」或「多向思考」的經典性作品。

　　許多年之後，非馬又寫了兩首相關的詩。前者是寫於1989年
4月27日的〈再看鳥籠〉，同年7月1日發表於《自立晚報》副刊。
他這樣再看鳥籠：

　　　　　　打開
　　　　　　鳥籠的
　　　　　　門
　　　　　　讓鳥飛

　　　　　　走

　　　　　　把自由
　　　　　　還給
　　　　　　天
　　　　　　空

另一首是〈鳥‧鳥籠‧天空〉，寫於1995年2月2日（同年10月發
表於《新大陸》詩刊第30期；10月21日發表於《中央副刊》）。
詩這樣寫道：

　　　　　　打開鳥籠的
　　　　　　門

讓鳥自由飛

出

又飛

入

鳥籠

從此成了

天

空

　　關於〈鳥・鳥籠・天空〉，非馬告訴我，這首詩是為一位在美國南部一個小鎮上經營雜貨店的詩友寫的。他為日夜被困在店裡而煩躁痛苦不堪，我勸他調整心態，打開心門，把它當成觀察社會人生的小窗口，同時偷空寫寫東西。後來他大概還是受不了，乾脆把店賣掉搬離小鎮，到休士頓去過寓公生活。在〈再看鳥籠〉附記中，詩人讓人很出乎意外地寫道：多年前曾寫過一首題為〈鳥籠〉的詩。當時頗覺新穎。今天看起來，仍不免有它的局限。因為把鳥關進鳥籠，涉及的絕不僅僅是鳥與鳥籠本身而已。非馬何以將業已還給了鳥籠的自由收回，改而還給天空？正如居住舊金山的美國華裔詩人劉荒田認為，非馬是把鳥籠放到廣大的背景──天空去了，天空的自由，是靠鳥的自在飛翔來體現的。因此，鳥籠剝奪了鳥的自由，歸根到底是剝奪了天空的自由。

　　非馬原名馬為義，取筆名「非馬」，開玩笑是說自己是人不是馬，也免不了讓人聯想到「白馬非馬」這一個典故，但最主要的是含有跟他詩觀相關的更深層的意義。他希望「在詩裡表現那

種看起來明明是馬，卻是非馬的東西。一種反慣性的思維，一種不流俗的新詩意與新境界的追求與拓展」。他對自己詩寫的追求就是：「比現代更現代，比寫實更寫實」。

　　所謂「比現代更現代」，我覺得主要是他營造意象的手法非常現代，非常新穎獨特。人們發現，非馬詩中的意象大都單一、純淨，他絕不作繁冗的堆疊，他執意讓意象壓縮、跳接，讓意象產生非確定性與多層意義，使他的詩歌獲得外部形貌簡約而內部意蘊豐富的詩美。順便說，正因如此，他的詩譯成外文時，可以和中文原詩一樣完美，既沒有雜質糅入，也不會讓原味消失。還有，他有意識地反逆人們平常的觀物習慣思維習慣，這是他求新的獨特方式。他要從平凡的事物中找出不平凡，從而製造驚奇。創新雖為藝術的普遍法則，但通向「新」的道路卻因人而異，從這裡往往顯示出作者的獨特風貌，其高低雅俗，深刻或平庸，一比便了然於心。劉荒田說，他在解讀上述這三首詩時，不禁想起了禪的三個境界，即見山是山見水是水、見山不是山見水不是水、見山還是山見水還是水。的確，就這三首詩來看，通過詩人營造的意象，詩的意境，詩的境界，層層遞進，每層都有獨特的風光，實在是迭生驚奇，令人把玩不止。許多人都說了，非馬的詩歌作品都充滿著強烈的生命感及雋永的哲思，簡潔純樸的形式，負載著多重涵意及可能性，常予人以意料不到的衝擊。

二　民族悲劇深深滲透的詩心

　　非馬的價值，在藝術手法技巧之上的，是其「比寫實更寫實」所表達的深刻的思想性。就讓我們從他寫於1981年的〈羅湖

車站〉（返鄉組曲之八）說起。當年，他經過中國廣東省深圳和
香港邊界的羅湖車站，寫下這首兼具現實意義和歷史意義的詩篇：

　　　　　我知道
　　　　　那不是我的母親
　　　　　我的母親
　　　　　她老人家在澄海城
　　　　　十個鐘頭前我同她含淚道別
　　　　　但這手挽包袱的老太太
　　　　　像極了我的母親

　　　　　我知道
　　　　　那不是我的父親
　　　　　我的父親
　　　　　他老人家在台北市
　　　　　這兩天我要去探望他
　　　　　但這拄著拐杖的老先生
　　　　　像極了我的父親

　　　　　他們在月台上相遇
　　　　　彼此看了一眼
　　　　　果然並不相識

　　　　　離別了三十多年
　　　　　我的母親手挽包袱

> 在月台上遇到
> 拄著拐杖的我的父親
> 彼此看了一眼
> 可憐竟相見不相識

　　非馬1936年生於台灣台中市，不久隨家人返回祖籍廣東潮
陽，1948年再到台灣，1961年到美國，迄今一直住在芝加哥。而
他的雙親，至寫此詩時已經離散三十多年、一個住在台灣台北市
區、一個住在廣東澄海縣城。顯然，他的家庭，又是時代悲劇民
族悲劇的一個縮影——正如〈羅湖車站〉所揭示的深層含義。

　　非馬在羅湖車站看見一位老先生和一位老太太，像極了他的
母親父親。這也許不過是他潛意識的幻覺。因為他多麼希望他們
是他的父親母親，多麼希望他們能在同一個月台上相遇。但是，
他立刻想到，他父母親即使真的相遇，彼此也只會視同陌路，失
之交臂。全詩語言通俗淺顯，但意境卻非常深沉凝重；白描淡寫
的詩藝相當傳統；亦幻亦真甚至荒誕的意象卻很現代。雖是寫一
家平民百姓三十多年的離愁別恨，但是，誰又能認為詩人僅僅是
表現自我一家的命運呢？詩人此時此刻所感受到的希望和失望、
無奈和悲哀，顯然不僅僅是他一個人的，而是代表了由於國家分
裂而骨肉長期離散的千萬個家庭。這一幕以邊界的羅湖車站大舞
台演出的悲劇，飽含著詩人真摯深沉的人道主義精神。

　　〈羅湖車站〉是二十世紀八十年代後期台灣文壇興起的「探
親文學」熱的先聲之作，堪稱為「探親文學」的序詩。而在寫作
〈羅湖車站〉之前，於1977年，也就是非馬在剛剛跨過四十個如
夢春秋之後，詩人更寫出曾被許多浪跡天涯的華夏遊子奉為抒吐

鄉愁的經典之作的〈醉漢〉：

> 把短短的直巷
> 走成一條
> 曲折
> 迴蕩的
> 萬里愁腸
>
> 左一腳
> 十年
> 右一腳
> 十年
> 母親啊
> 我正努力
> 向您
> 走
> 來

　　此詩把醉態十足的寫實與鄉愁無限的寫意巧妙地結合起來。左一腳十年，右一腳十年，這個借酒澆愁的遊子，離家門近時卻寸步難進。「短短」的巷子，竟然有「萬里」愁腸的心酸。「巷子」與「愁腸」的比照，把走近門口將要與親人相見的一段歷程強化了。詩末尾的一字一句，更暗示了步履的艱難，以及路程的遙遠和時間的流逝。這種近鄉情怯的醉態，極為令人黯然神傷。

　　非馬特能致力於刻求表象以外的意境。因此，一條巷子竟是

萬里愁腸，一腳竟然十年，這是超現實的非寫實，但又比寫實還寫實。人們不禁對這首詩作多重意義的理解。所謂「醉漢」，可以是真正醉酒後酒入愁腸而懷鄉，也可以是表現因思鄉情切以致迷離恍惚，如醉如痴；其醉態可以是實寫走近家門的一種心情的比喻，也可以是表現醉漢般恍惚迷離的幻覺。許多人更是把〈醉漢〉看成一首尋根詩，詩中的「母親」象徵詩人魂一夕而九逝的祖國。這樣，「醉漢」還不僅僅是一般的流落異鄉的遊子，這還只不過是事物的表象，而這表象的內涵是──抒發和反思民族分裂的鄉愁。人們閱讀此詩時，會情不自禁地聯想起當時已經冰封了幾十年的台灣海峽。這「左一腳／十年／右一腳／十年」的漫長艱難的步伐，正是動盪年代的象徵性意象，蘊含著咫尺天涯的悲劇意識。而「我正努力向您走來」，是對母親的傾訴，也是對祖國的傾訴，傾訴抑制悲情扣開鄉關的努力，傾訴擺脫內心困境和外界現實阻擾的曲折的努力，傾訴時代的悲劇，人生的悲劇……

　　非馬一次回答提問的時候，說出一段意味深沉的話（〈答問〉，劉強著《非馬詩創造》，中國文聯出版社，2001年5月）：

> 　　寫詩是為了尋根，生活的根，感情的根，家庭和
> 民族的根，宇宙的根，生命的根。寫成〈醉漢〉
> 後，彷彿有一條粗壯卻溫柔的根，遠遠地向我伸
> 了過來。握著它，我舒暢地哭了。

　　〈醉漢〉這首僅僅只有四十個字的小詩，正是詩人灑下的一枕懷鄉夢國的清淚，這首經典式作品的每一個字，都具有金石般

的份量。甚至可以說，它的意境和象徵，堪比一部史詩，一部長篇巨著。它把具體的現實性與嚴酷的歷史感深刻地統一起來，那種酸甜苦辣的心頭滋味，那種迴腸蕩氣，直達心靈，震撼心靈。

　　非馬寫作〈羅湖車站〉時，羅湖車站幾乎是中國大陸與外部世界、特別是與西方物質文明和精神文明接觸的僅有的交會點，而事實上那時海峽兩岸的親人還得不到從這裡進出的「來去自由」。至於寫〈醉漢〉時，中國大陸「四人幫」剛剛倒台，開放改革的國策更是連影都沒有。今天，三四十年過去，中國大陸發生了巨大的變化，「可憐竟相見不相識」的現象可能沒有了──該相見的大都早就相見了，或者來不及相見早就去世了。但是，中華民族的悲劇遠未結束。「把短短的直巷／走成一條／曲折／迴蕩的／萬里愁腸」這種悲劇還在繼續。大陸背景的澳華作家楊恆均曾在北京當時的《天益網》上發表了一篇他於2007年12月29日在台灣台中市親身實地考察後寫就的隨筆，標題是〈台灣海峽為什麼越來越寬？〉這篇引起網民熱烈討論的文章對台海兩岸至今還是──從深層意識來說或者更是──極其隔膜的嚴重狀況感慨萬千。因此，即使今天，相信每一位吟哦非馬〈醉漢〉和〈羅湖車站〉等詩作的人，還會禁不住低迴反思，感嘆不已。

三　民族苦難的根源何在？非馬的探問

　　黃河與中華民族緊密相聯繫。這條古老的大河承載著華夏歷史，也見證著中國人的苦難，甚至可以說是中華民族的血淚和苦難匯聚的河。我注意到，非馬作了兩首〈黃河〉。

前一首溯「源」，作於1983年4月5日，最早於當年7月22日發表在台北的《聯合副刊》：

溯
挾泥沙而來的
滾滾濁流
你會找到
地理書上說
青海巴顏喀喇山

但根據歷史書上
血跡斑斑的記載
這千年難得一清的河
其實源自
億萬個
苦難泛濫
人類深沉的
眼穴

此詩兩節，第一節運用極為寫實的手法描繪了黃河挾泥沙滾滾而來的氣魄，但在第二節詩結尾處卻用超現實的幻覺手法，把黃河的源頭寫成億萬個人類苦難泛濫的眼穴。地理書上的「源」和歷史書上的「源」，兩相比較，得出詩人的獨特發現——發現被俗常目光埋葬了的詩意。這樣，如論者指出，就跳出了「實象」的河，不落於一般寫黃河的舊窠臼，甚至包括習慣的「母

親」意象，而進入了「靈」的層次：人類苦難歷史之「河」，出「虛」，肉眼不可見。原來，「苦難」之「源」，如「眼穴」意象所喻示，是「人為」的，是歷史上各種腐朽罪惡的專制制度造成的。

　　後一首析「流」，反而是先作的，1975年1月12日寫成，最早發表在《笠》詩刊第70期：

　　　　　把
　　　　　一個苦難
　　　　　兩個苦難
　　　　　百十個苦難
　　　　　億萬個苦難
　　　　　一古腦兒傾入
　　　　　這古老的河

　　　　　讓它渾濁
　　　　　讓它泛濫
　　　　　讓它在午夜與黎明間
　　　　　遼闊的枕面版圖上
　　　　　改道又改道
　　　　　改道又改道

　　詩人不直接寫從黃河中看到了苦難，而是「把」苦難「傾入」，突出了苦難的積壓，突出表明了這條河自古以來就是一條承受苦難的河。「苦難」的量化實際上是對中國人數的量化。從

「一個苦難」到「億萬個苦難」逐漸遞增，表現了從個人到民族，從時代到歷史苦難的普遍和久遠。「苦難」的反復重疊幾乎就像一座在成長的大山壓過來，最後發展成一個種族的記憶，讓全世界的華人都會聯想起母親河的災難，災難的場面與情緒：戰爭烽火、黃水患難、流離失所、無窮哀怨……等等。

　　第二節則突出剖析「苦難」之「流」。這裡用了三次「讓」這個詞，就像上節「把」苦難「傾入」一樣獲得同樣的效果。詩末「改道又改道／改道又改道」的意象迭加最為使人震撼。這不僅僅在於抒發情感，而是要喚起讀者強烈關注問題的嚴重性。自以為是的人類把追求表面的發展看為第一要務，一直在糟蹋黃河一直在糟蹋自己的居住環境。這個迭加的意象，緊扣歷史和現實。對「苦難」實行「改道」的苦難，只是使「苦難」一再加碼，而「改道」卻不改其「轍」，只是重複歷史的回頭路。真是令人深思！

　　兩首〈黃河〉，是大氣深沉內涵豐富的詩章，具有雄性的美學特徵，具有厚重的時代感和歷史感。非馬在1982年還寫了一首題為〈龍〉的詩，外表看來和〈黃河〉很不同，但我發現其思想內涵是共通的：

> 沒有人見過
> 真的龍顏
> 即使
> 恕卿無罪
> 抬起頭來

但在高聳的屋脊
人們塑造龍的形象
繪聲繪影
連幾根鬍鬚
都不放過

　　非馬這首〈龍〉，是一首小詩，僅有十行共四十九個漢字，但它顯示了非馬詩作強烈的社會性，而且別具一格，甚具深意。如論者所言，詩一開頭，詩人便以突兀峭拔的否定語式將龍這一千古神物推上了曝光台，這種開門見山式的表達，如一把利劍，一下子戳穿了東方文化尤其是華夏文化的神祕面孔。的確，只活在古老的傳說之中的「龍」，有誰見過它的真容呢？即使是「恕卿無罪」的所謂真龍天子，也只是古代和現代的迷信而已。然而，構成強烈的反諷的是，人們卻偏偏四處塑造龍的「光輝」而且具有威嚇性的形象，連「幾根鬍鬚都不放過」，就像世人創造「神」然後對其頂禮膜拜，中國人也創造「龍」以作為頂禮膜拜的神物。這不就是意識形態上的異化嗎？今天「龍」已成為中華民族的尊貴的圖騰。雖然「龍」在中華民族的傳統心理積澱中具有多重象徵意義，但誰能否認，「龍」最重要是象徵權力、專制、絕對命令──龍是天上的權威，自命的真理，高高在上。如果說古老的華夏歷史最初有一個自由的狼羊對立而又共處的時代，那麼，後來就進入了龍愚弄、統治、奴役羊的大一統時代。非馬這首詩，如一聲洪亮的警鐘，將人們從以「龍」為內核的那種負面傳統文化所衍生的虛妄與自傲中震醒過來，讓人彷彿覺得

上下五千年的歷史都在震顫。詩人在這裡賦予詩的意象以民主與科學的哲理思考的內涵，對迷信和愚昧予以鞭撻，毫無疑問具有值得稱讚的時代精神和當代意義。

　　一般共識是，權力異化是當今中國社會最大的毒瘤，而且其毒素已經滲透到整個社會肌體的基層細胞和神經末梢了。像「權力私有化」、「權力商品化」、「權力特殊化」、「權力家長化」，這些並不是單個出現的，而是你中有我、我中有你，相互促進、相互影響。以國家機器作後盾的權力異化和泛濫，後果令人震悚。貧富懸殊，貪污腐敗，言論鉗制，定於一尊，成了今天中國令人觸目驚心的社會現象，使整個社會呈現畸形發展。因此，有人提出，要根治腐敗，就必須認真研究中國特色社會主義條件下的公共權力的異化，尤其是要解決「一把手」的權力異化。當然，這首先就要像非馬在〈龍〉一詩中所要警示的──要克服「龍」崇拜這種思想領域的異化。

　　許多人也許不知道，近年來，非馬雖然年事漸高，但仍然思維清晰，心明眼亮，對世事洞察秋毫，保持高度的批判力。2016年底，我在電郵中對他說，這一年對美國人來說可能是最不尋常的一年，明年大家會有些東西看了。這一年又是中國文革五十週年。我傳給他我主編的文集《文革五十年祭》。我為此書寫了一個「代序」，長達三萬字。非馬說這是他讀過的最長的序了，作為讀後感，他附上他最近寫過的有關毛澤東的幾首短詩，謙虛地說，「比較起來顯得蒼白無力」，「博您一笑，或一哭」。我說，短有短的好，你精煉的短詩，一針見血，讀後難忘。這首題為〈獨家風景〉：

把所有的
陵墓古跡文物文化
道德信仰人倫人性
統統搗毀之後

他終於心安
體更安
大喇喇躺在天安門廣場上
獨佔風光

這首題為〈毛澤東紀念堂〉：

寄存了所有的身外物
以及喧嘩
便紛紛攀附
長龍的尾巴
等著瞻仰
死神的真面目

我不得不佩服
化裝的巧妙
在每張漠漠的臉上
竟看不出
絲毫的驚訝

　　（或會心的微笑）
　　對著大門口
　　冷冷站立的
　　一對牌示

　「請勿吐痰」

這首題為〈微雨中登天安門〉：

　　從這樣的高度看下去
　　原來你們是如此的渺小
　　螻蟻都不如

　　要不是天空陰沉著臉
　　還有那些便衣警衛耽耽虎視
　　說不定我也會高舉雙臂
　　豪情萬丈地大聲宣佈

　　今天
　　我──
　　站起來了

　　一首詩歌的價值最終是要從它達到的精神高度和豐富的內涵來體現，否則，語言再新技巧再高也沒有力量。非馬不僅繼承中

國知識分子的以民族憂患意識為核心的愛國主義精神，也繼承西方文化中的批判精神傳統。他以思想家的睿智和詩人的敏銳橫空出世，在思維方式和審美取向方面可謂獨領風騷，其思想價值藝術價值肯定不是時間可以抹去的。

四　弘揚普世價值　承傳終極關懷

行文至此，意猶未盡，我覺得我還可以再說說。

1978年，非馬從美返台，在一次談及「理想中的好詩」時，明確指出：「對人類有廣泛的同情心和愛心，是我理想中好詩的首要條件……對一首詩我們首先要問，它的歷史地位如何？它替人類文化傳統增添了什麼？其次，它想表達的是健康積極的感情呢？還是個人情緒的宣洩？對象是大多數人呢？還是少數的幾個『貴族』？」（莫渝，〈詩人非馬訪問記〉，《台灣日報》副刊，1978年9月1日；《笠》詩刊第89期，1979年2月15日）

作為一個人道主義詩人，非馬通過自己的作品建立了一個值得稱頌的藝術世界，這是一個富於正義、充滿人性的世界。

讓我們讀讀他寫「給瀕死的索馬利亞小孩」的〈生與死之歌〉：

在斷氣之前
他只希望
能最後一次
吹脹

　　　　　　垂在他母親胸前
　　　　　　那兩個乾癟的
　　　　　　氣球
　　　　　　讓它們飛上
　　　　　　五彩繽紛的天空

　　　　　　慶祝他的生日
　　　　　　慶祝他的死日

　　這首寫於1992年8月15日、同年首先發表在香港《明報月刊》10月號和台北10月27日《人間副刊》的詩，是一篇催人淚下的作品。我們經常在電視上看到，飢荒中的非洲兒童，那種眼大無神，形銷骨立的畫面，使人觸目驚心，不忍卒睹。非馬的這首詩，正是以這些活生生的現實為主題。這個索馬里小孩臨死前，渴望母親的乳房能脹滿奶水，甚至飽滿得像要騰空高飛的氣球。把乳房比作氣球，真是奇思妙語，卻符合小孩天真的幻想，表現了他對果腹、對生存的強烈渴望。詩最後用「生日」和「死日」對襯，從而把悲劇氣氛推向高潮，成為撼動讀者情感的巨大的衝擊波。詩人寫出一個天真卻是瀕死的小生命，那麼渴望美好卻又那麼幼小、孱弱，那麼短暫的生命，充分顯示了對在死亡線上掙扎的非洲兒童的深切同情，深刻地實踐了自己對詩歌的「社會性」的承諾。

　　由於地理條件的惡劣，再加上人為的因素，特別是統治者貪婪腐敗又治國無能的因素，非洲一些國家的人民長期生活在水深火熱之中，戰亂頻仍，飢饉連年，哀鴻遍野，滿目瘡痍。人們

說，非洲是「被上帝遺忘」的地方，那麼，像是美國，這個「上帝給以青睞」的地方，就沒有悲傷嗎？居住在這個國家的非馬，以他的詩歌明確告訴我們，悲劇到處都會發生。

這是他寫於1985年的〈越戰紀念碑〉：

　　　　一截大理石牆
　　　　二十六個字母
　　　　便把這麼多年青的名字
　　　　嵌入歷史

　　　　萬人塚中
　　　　一個踽踽獨行的老嫗
　　　　終於找到了
　　　　她的愛子
　　　　此刻她正緊閉雙眼
　　　　用顫悠悠的手指
　　　　沿著他冰冷的額頭
　　　　找那致命的傷口

　　這是一個具體的場景：一位老婦在碑石上尋覓無可尋覓的愛子，她把冰冷的大理石幻覺成愛子的「冰冷的額頭」，而且硬不死心地要找出「那致命的傷口」。這種哀傷臻於極頂時的痴心妄想雖然無言可是卻發散出強大的控訴力量！正如論者說，這首詩所突現的心態情感極富現代人的時代特徵，又由這時代特徵而在歷史進行中獲得了時空縱深感，具有穿越時空的魅力。這首具有

「現代感」與「歷史感」雙重性質的詩章，統領大時代的風雨硝煙，統領人類歷史發展的縮影，統領無數親情的悲歌。

如果說，非馬對母國文化的無限依戀凝成他創作心理上的民族情結，那麼這種對全人類的關切熱愛意識便是他的「人類情結」。他的詩中，常常出現意蘊的層層遞散與深化，由一己、一家而推及全民族以至全人類，這不但是民族情結的漾散、擴張，而且是它的昇華與入化。

對於人類，為禍之烈，莫過於戰爭了。詩人對於人間這個散佈仇恨、自相殘殺的魔鬼深惡痛絕。〈越戰紀念碑〉是對於「人類文明一種自身反省」的卓越貢獻。它給人以強烈的震撼，讓人們充分認識到戰爭的殘酷。它像警鐘一樣將告誡懸掛在人類的頭頂之上：遠離戰爭，不要以任何藉口去觸摸戰爭。

關於那場戰爭的起因，紀念碑這樣告訴後人：「中國已經成為共產主義國家，不能再讓越南成為共產主義國家。」可是，後來，又發生了另一場越南戰爭，卻在早先的「同志加兄弟」——中國和越南這兩個共產主義國家之間發生。歷史的詭譎，真需要人們反復思考。

然而，縱然經歷過這麼多的悲劇，世人未必都清醒。

非馬以〈電視〉熒光幕隱喻人類奇詭並可悲可嘆的記憶——即使對最受咀咒的戰爭：

　　　　一個手指頭
　　　　輕輕便能關掉的
　　　　世界

卻關不掉

逐漸暗淡的熒光幕上
一粒仇恨的火種
驟然引發
熊熊的戰火
燃過中東
燃過越南
燃過每一張
焦灼的臉

　　熒光幕上一粒小小的熒光，會逐漸展現世界，而一粒「仇恨」的火種，也會「驟然引發熊熊的戰火」。戰火會燃至世界任何一個地域，這些會不斷地改變，但只有一種是不受膚色、種族、國籍的限制而改變的，那就是「每一張」受難的焦灼的臉。這是「關不掉」的真相。但是有些人就是想關掉，像關掉電視機一樣，動用一個手指頭，輕輕便把「世界」關掉。事實就這麼殘酷。人類就這麼愚蠢。〈電視〉這首詩的諷喻，表達了詩人對人類社會的關切和批判。

　　中華民族五千年的傳統文化倡導「終極關懷」。終極關懷是對人存在的根本關懷，同時也體現了對人的現實關懷。它與自由、民主、博愛、科學等當今普世價值是相通的，都是超越一切民族、語言、膚色的差異，超越一切宗教、信仰、思想、文化和社會體制的

差異，超越一切時代和地區的差異。我們從非馬的詩章中，也分明看到中華文化的終極關懷的承傳與當今普世價值的弘揚。

（本文各章節曾於2008年3月各自單獨在《澳華新文苑》發表，現稿修改於 2018年9月11日，「911」，一個當今世界不能忘卻的日子。）

2004年9月非馬在重慶舉行的首屆華文詩學名家國際論壇上同本文作者何與懷（右）及《非馬詩創造》（中國文聯，長沙，2001）和《非馬詩天地》（新世紀美學，台北，2017）作者劉強（左）合影。

2008年3月6日晚，非馬夫婦在悉尼歌劇院夜景裡留影

2008年3月8日非馬夫婦在澳洲悉尼參加酒井園詩社的歡宴

附錄
非馬的詩

陳柏達

　　雖然與詩人非馬先生素未謀面，但其詩名卻是我在上世紀八十年代初讀中學的時候就耳聞目睹的了。

　　上世紀八十年代的中國可以說是一個文學的中國，詩歌的中國。當時，任何一位文學青年只要能在報刊發表幾篇詩文，便能聲譽鵲起，便能為自己帶來很多很好的回報。詩文曾經再度成為人們藉以進入上層社會的敲門磚，詩文曾經滿載著無數文學青年的夢想。記得那時候，家鄉有一個在農場工作的文學青年，就因為在省級刊物上發表了幾首新詩，於是被調到縣文聯，接著很快就加入了中國作家協會，調進了省的作家機關工作而成為專職作家、詩人，實現了人生重大的角色轉換。

　　總之，在我的感覺中，那時候的女孩子們是很崇拜詩人，基本上就像現在的年輕人追逐影視歌星的心態一樣吧。曾幾何時，詩人汪國真的名字在每一個男女大學生中的流行度就如現在的當紅影視歌星一樣。曾記得，當某教授在階梯大教室開設的《現代朦朧詩欣賞》講座時，更是座無虛席，一些同學擠在窗口，站滿了走廊。大致是因為年輕的心容易躁動的緣故吧，那時的我對於詩亦有著極度的狂熱，自然是特別的崇拜那些有名的詩人。於是從胡適、劉半農、郭沫若到戴望舒、徐志摩、卞之琳，從紀弦、

非馬、顧城到余光中、北島、海子，等等、等等，無不成為了我心中的偶像。而來自寶島的非馬先生更是天上的月亮、太陽，與無名的我自然是幾百光年的距離。

不知道是什麼原因，進入九十年代後，文學一下子便不再是人們的關注了，而代表著青春活力的詩歌也一下子從我的情感世界中消失無蹤。什麼凱恩斯、什麼哈耶克、什麼恩格爾卻變成了時髦，什麼非馬、紀弦、顧城、海子、汪國真都同一時間消失於我的記憶。我的思想卻在藍色的海洋與黃色的土地之間遊蕩著，慢慢地竟重回塵封的遠古。

非馬這個名字重新回到我的思想則是在認識震寰兄之後。在震寰兄那裡，我不僅是再次大量接觸了非馬先生的詩，更令我感動、開心的是竟能欣賞到非馬先生的繪畫與雕塑。與震寰兄在一起時，經常聽他談非馬先生，每每從其話語中便感受到其對非馬先生的真摯感情，而他的這份真情亦常常感染著我。我本來已經很感受於非馬先生的才情，對非馬先生已經有很多的敬仰了，加上震寰兄無時不刻的推崇，更使我感受了非馬先生的真誠，便使我常常感覺非馬先生就在身邊一樣。日前，在參加美協舉辦的一次中秋雅聚時，我收到了非馬先生委託震寰兄轉贈的新作《凡心動了》及其於二千年出版的詩集《非馬的詩》。手捧心儀已久的大詩人之著作，真有點手捧寶書的感覺。當然，我的心是不會想北京的，有沒有想一下美利堅，現在也忘記了。或許是沒有的，畢竟是太遙遠了。但手捧非馬先生的書的我自然是激動不已的了，自然是立即就如飢似渴地閱讀起來的了。

「霧來時／港正睡著／噩夢的怪獸用濕漉漉的舌頭舔她／醒來卻發現世界正在流淚／／目送走一個出遠門的浪子／她想為什

麼我要是南方的不凍港」（《港》）。每一次遠航便伴隨著每一次等待，每一次驚恐伴隨的是更多的企望。一次流淚後帶來驚喜卻是更多的流淚。

「打開／鳥籠的／門／讓鳥飛／走／把自由／還給／鳥／籠」（《鳥籠》）。放飛小鳥的同時，又何嘗不是在放飛自己，把自由還給鳥、籠的同時，更還給了自己。

非馬先生的詩大都來自大自然中的一草一木，生活中的狗狗貓貓、平常事故。佛言，不悟即佛是眾生，一念悟時，眾生是佛。非馬先生大智慧者，本元自性清淨，自識自心見性，故於其眼中、心中，眾生皆成佛道。又，老聃曰，天下難事，必作於易，天下大事，必作於細。是以聖人終不為大，故能成其大。或許非馬先生已近乎聖，於是其便能於平凡草木間、平常事故中道出令人一念頓悟之大道了。

「天邊太遙遠／蒲公英／把原始的遨遊夢／分成一代代／去接力／飛揚」（《蒲公英》）。人類又何嘗不是在接力這個夢，從二千多年前的莊周到今天的非馬們，一代接一代，夢只是在永遠。王靜安曰「詩人對宇宙人生，須入乎其內，又須出乎其外。入乎其內，故能寫之。出乎其外，故能觀之。入乎其內，故有生氣。出乎其外，故有高致。」非馬先生出入宇宙人生，故其詩自有生氣，自然高致。

真正的詩人都有一顆悲天憫人的惻隱之心，從屈原到杜甫，從但丁到莎士比亞，他們無不用他們的終極關懷獻給人類，獻給生命。他們儼如釋迦、基督一樣擔荷著人類罪惡。很多所謂的詩人似乎亦知道悲天憫人之心於真正詩人的重要，於是乎他們亦在吆喝著，高呼著。然而，或許他們的骨子裡根本就不是那麼回

事。於是，儘管他們是那樣的歇斯底里卻換不得人們的共鳴。因為，他們的悲天憫人是高高在上的，他們是在俯視著芸芸眾生，他們是在施捨著他們的悲天憫人。非馬先生並沒有如其他詩者一般呼號著，他只是讓人們感覺得到他就在身邊，只是讓他的悲天憫人從他那佛偈般的句讀中滲透出來，是那樣的不經意，是那樣的自然而然。

「在斷氣之前／他只希望／能最後一次／吹脹／垂在他母親胸前／那兩個乾癟的／氣球／讓它們飛上／五彩繽紛的天空／／慶祝他的生日／慶祝他的死日」（《生與死之歌》）。當殘暴與邪惡降臨時，人就如螻蟻般無助，生命就如狂風暴中即將油枯的油燈的火苗。

「不邀自來的弔客／蠻橫的遠親／塞爾維亞的炮彈／一路號啕」（《波士尼亞葬禮》）。當和平成為人類的奢侈時，生命就只有無常了。

「萬人塚中／一個踽踽獨行的老嫗／終於找到了／她的愛子／此刻她正緊閉雙眼／用顫悠悠的手指／沿著他冰冷的額頭／找那致命的傷口」（《越戰紀念碑》）。老嫗的心在抽泣，詩人的心在滴血，一切都在「顫悠悠的手指」上。

詩是情感的產物。所有真正的詩人都是情種、情聖，這是毫無疑問的。從屈原、杜甫、李白到李後主、李商隱、李清照，從但丁、莎士比亞到拜倫、雪萊、普希金，他們從對人類、對生命到對家國、對情人、對朋友，無不傾注了滿腔的情與愛，他們的真摯與赤誠無不震撼著世人更感染著後世。故尼采有曰，一切文學我唯愛血書者。詩人非馬無疑亦是情種、情聖之一。說實話，讀非馬的詩，我實在沒法將其與美國阿岡國家研究所從事能源及

環境研究工作的科學家、工程師馬為義聯繫在一起，或許是我對科學家及工程師的情感世界太缺乏理解的緣故，又或許是我於「萬類達至無境即殊途同歸」之要義尚未曾參透吧。但我知道，大凡淺薄之情愛常浮於面，虛偽之情愛常掛嘴邊，作狀之苦痛常呼天搶地。只有如非馬般的真摯真誠深藏於言簡意賅，只有非馬般的銘心刻骨才會歸於無言。

或許有朋友會說，非馬之詩語言多白話，少煽情，少格調，讓人感覺並不優美。袁枚曰：《詩三百》半是勞人思婦率意言情之事；誰為之格，誰為之律？許渾云：「吟詩好似成仙骨，骨裡無詩莫浪吟。」故袁枚曰：詩在骨不在格也。吾曰：非馬之詩乃有骨之詩也。

2005年9月21日凌晨於天心齋

附錄
讀非馬詩是一種幸福

劉剡

　　從非馬詩的廣度和深度上看，那一首首飽含著生活的苦與甜、表達了生命經受了折磨的疼痛感的詩，乃是非馬詩歌的靈魂，讓我們感知到非馬詩歌的神祕力量。

　　最近讀了非馬的部分詩感觸頗深。他的詩將不可知的力量貫穿於其中，蘊涵著內心與時代的交鋒，把愛的痙攣，對命運的挑戰，都以透徹的眼光，化為繽紛的詩行，凜然而又充滿傷痛。詩人的內心是如此變化無窮，神祕而又充滿險境，用語言的歷險、生命的感悟打動了我的心，那樸素而又原始的語言，是以一個詩人的品質與你對話，讓你浮想聯翩，充滿心靈極端的想像，使他的詩歌形成火與水般的張力，讓你熱血奔騰。

　　他的詩是水流，他的詩是心靈火花，他的詩讀起來令人拍案叫絕。我不認識非馬，也沒讀過他的多少詩，只是我們在網絡北美楓論壇的一次心靈相遇而已，而且是慕名拜讀他的一些詩作。我以為他在詩歌的道路上的爬涉是艱險的，也是浪漫的，不然他的詩就讀不下去，也就不會引起世界詩壇的注目。從他的詩中可以看出他是一個大師級的世界詩人。讀他的詩就是一種修養，一種品味，一種念想也無法詮釋的心靈解讀。2007年，我盛邀他擔任《森林文學》顧問，為我刊增添了文學和經典的高度。朋友，

要想了解他的人就讀他的經典之詩吧。

　　讀非馬詩是一種幸福。尤其是讀非馬的一部部詩，就像與哲人在交談，在不知不覺中完成自己生命的昇華。「在詩裡，生活比在現實本身裡還顯得更是生活」。非馬以他特有的詩歌語言向我們展示了他豐富的心靈世界，以「有多少慾望，就有多少語言」向我們表述了他的精神境界。既溫暖而又神奇。非馬的短之又短、小之又小的微型詩最具詩寓。他認為「越是短小的詩，越能激蕩我自己的心靈。」所以，讀非馬的詩，一扇世界神祕之門便向你慢慢開啟，宇宙多大，世界多精彩，他的詩便是你神往的世界和天堂。

刊於：澳洲長風論壇
http://www.australianwinner.com/AuWinner/viewtopic.php?t=91616

閱讀大詩48　PG2737

 時空之外：非馬新詩自選集
第五卷（2013-2021）

作　　者	非　馬
責任編輯	姚芳慈
圖文排版	黃莉珊
封面設計	蔡瑋筠

出版策劃	釀出版
製作發行	秀威資訊科技股份有限公司
	114 台北市內湖區瑞光路76巷65號1樓
	電話：+886-2-2796-3638　傳真：+886-2-2796-1377
	服務信箱：service@showwe.com.tw
	http://www.showwe.com.tw
郵政劃撥	19563868　戶名：秀威資訊科技股份有限公司
展售門市	國家書店【松江門市】
	104 台北市中山區松江路209號1樓
	電話：+886-2-2518-0207　傳真：+886-2-2518-0778
網路訂購	秀威網路書店：https://store.showwe.tw
	國家網路書店：https://www.govbooks.com.tw
法律顧問	毛國樑　律師
總 經 銷	聯合發行股份有限公司
	231新北市新店區寶橋路235巷6弄6號4F
	電話：+886-2-2917-8022　傳真：+886-2-2915-6275

出版日期	2022年3月　BOD一版
定　　價	450元

讀者回函卡

國家圖書館出版品預行編目

時空之外：非馬新詩自選集. 第五卷(2013-2021)
/ 非馬著. -- 一版. -- 臺北市：釀出版, 2022.03
　　面；　公分. -- (閱讀大詩；48)
　BOD版
　ISBN 978-986-445-623-9(平裝)

863.51　　　　　　　　　　　　111001213